もくじ

桜ハウス

桜ハウス

四人が集まる約束の時間は、とりあえず夜の八時だった。

とりあえず、というのは、当日になって、それぞれの仕事上の都合で遅れたり、こられなくなったりするかもしれないからである。

けれど七時半をすぎても、それらしい連絡がこないところからすると、時間どおりに四人の顔ぶれはそろいそうだ。

それにこうした約束を、どたん場でキャンセルするのは、たいがい綾音《あやね》で、遠望子《ともこ》と真咲《まさき》はよほどの事情がないかぎり、約束はきちんと守る。

そして、そのドタキャンの常習者である綾音は、いま蝶子《ちょうこ》と一緒に台所に立ち、サラダをこしらえているのだから心配はない。

個別に会ったり、電話したりはともかく、こうして四人が集まるのは久しぶりだった。

かれこれ七年ぶりではなかろうか。

蝶子は手の動きをとめ、流しの正面の、換気のために細く開けた窓のそとへと目をやった。

黄色味《きいろみ》の濃い月がでていた。

星は見えない。

カレンダーは数日前に十月に入り、季節的には秋のはずなのに、日中はまだまだ残暑のつづく日々だった。

ただ日没後は急速に気温がさがり、風もでて、夜になると、にわかに秋めいてくる。細く開けた窓から、けむりっぽいにおいが鼻腔《びこう》に流れこみ、蝶子は、そこにも秋の気配を嗅いだ。

秋になると、どうしてあちこちからけむりのにおいがしはじめるのだろう。

蝶子はふたたび自分の手もとに視線をもどし、まきすで巻いて両手で押さえていたその手を、そろそろとはなした。まきすのなかから、ほどよい太さの海苔《のり》巻きがあらわれる。これが最後の一本で、しめて二十本の海苔巻きが、横の白いホーローのバットに並べられていた。

料理はほかに綾音のこしらえているサラダや、数日前から仕込んでおいたレンコンやゴボウ、ニンジンなどの根菜類の煮もの、春雨とキクラゲを使った酢のもの、アサリとミツバの吸いものなどもあるため、二十本の海苔巻きは、作る前から多すぎるのはわかっていた。

けれど、あまれば持ち帰ってもらえばいいという蝶子の気持だった。というより、おみやげに持たせたい。

「蝶子さんがこしらえた海苔巻きが食べたい」

というのは、真咲からのリクエストだった。

「昔、何かあるたびに作ってくれたでしょう。ちょっとしたごちそうで、私、大好きだった。売ってるのを買って食べても、蝶子さんの作るのとは、味がぜんぜん違うのね。手間がかかるんでしょうけど、好き勝手を言っていいなら、あの海苔巻きが食べたいな」

海苔巻きの中味は、甘からく煮つけた干しシイタケとカンピョウ、ゆでたホウレンソウ、卵焼き、紅ショウガ、そして、ほんのちょっぴりの彩りにピンク色をしたでんぶの六品にかぎられていた。蝶子はそれを母から、母は祖母から教えられてきた。

二十本こしらえたそれは、皆がテーブルにつき、食べる直前に切ればいい。あまり早くに切ってしまうと、切り口がどうしても乾いてしまう。ラップをかけておいても、やはり直前に切るのとでは味が違ってくる、と蝶子は思うのだ。

ガラスのボウルにサラダの材料をざくざく切ってはほうりこんでいた綾音が蝶子にきいた。

「ドレッシングに少しニンニクをきかせてもいいかな？　まずい？」

「いいんじゃないの」

「私的には今夜は彼と会う予定がないから、ニンニクのにおいをさせてもいいけど、でも、遠望子さんと真咲ちゃんはどうだろ」

「予定はないでしょ。今夜は七年ぶりに集まるのだから、そのあとにほかのひととの約束は入れてないんじゃないの」

「だれかと同居してるってこともあるわけで」

「まさか……って思うけど、あのふたりから、それらしいこと、何か聞いてるの？」

「ううん」

「じゃあ、だいじょうぶでしょう、ニンニクを入れても」

「わかった」

綾音は背後の壁にさがっている三段つづきのワイヤー編みのかごからニンニクを一個とりだすと、白い薄皮をむきはじめた。

「綾音ちゃん、それ使う？　冷蔵庫にニンニクチップがあるけど」

「うん。でも、やっぱ、生のニンニクの香りでいきたいな、この場合はいっそのこと」

「そう。だったら、まかせる」

かつて四人はこの家で一緒に暮していた。

十年前のことである。

蝶子、三十六歳
遠望子、三十一歳
綾音、二十六歳
真咲、二十一歳

以上の年齢は、もちろん十年前のもので、当時、真咲だけが学生で、あとの三人は働いていた。

古くからある閑静な住宅地の二階建ての一軒家を、蝶子は亡くなった伯母の遺産として譲り受けた。父方の伯母であったそのひとは、生涯独身で、小さな町工場《こうば》の事務員として定年まで働いていた。同じ街に住みながら、生前、蝶子たち親族との行き来はほとんどなく、弟である蝶子の父などは、何かあるたびに「あいつは変り者だから」のひとことで片づけ、それでおしまいだった。

伯母の死後、遺言書を預かっているという、一見したところ、よぼよぼの弁護士があらわれ、見ると、それは公証人役場で作成された法的にも有効な証書なのには、一同、驚かされた。

といって亡くなった伯母には、遺産と呼ぶほどの財産があるわけでもなく、銀行に預けてあるわずかばかりの現金と、せまい敷地に建った一戸建ての老朽化した家のほかには何もなかった。

そのボロ家の相続人として蝶子が指名されていたのだ。

なぜ蝶子なのか、と蝶子本人をはじめ、その場にいた全員が首をひねった。ほかを出し抜いて蝶子だけが年老いた伯母と親交を深めていたのでもなく、他の親族たちと同様に、ほぼ没交渉の状態にあったからである。ただこの場合も、だれかが口にした「あのひとは変り者だったから」の短い説明で、それ以上あれこれと詮索《せんさく》する者もいなかった。

後日、その決め手は年賀状だったことが判明した。

よぼよぼの弁護士の話によると、生前の伯母は、ほぼ三十年近くにわたって毎年欠かさず送られてきた蝶子の年賀状を大事に保管していたのだという。

「あの子だけが私のことを気にかけてくれてるよ。あの子だけが」

と、つねづね伯母は老弁護士にそうも言っていたらしい。

しかし事情がわかって、かえって蝶子はとまどった。伯母へ年賀状を書き送っていたのには、まったく、ぜんぜんといっていいぐらい、そこに特別な意味はなかったためである。

習慣にすぎなかった。

子供のころに、大人たちをまねて、一枚でも多くの年賀状を自分でも出したくて、それでリストアップされたなかに、父親の姉である伯母の名前も入っていた、というにすぎない。

そして、大人になってからは、年賀状を書く時期になるたびに、伯母の名前をリストからはずそうかと思うのだが、父のたったひとりのきょうだいなのだから、という気持と、正月を半月以上もすぎてから送られてくる伯母の年賀状の、その仕方なく、しぶしぶといった出し方に妙に気がそそられて、結局、毎年書きつづけていたのだった。気持がそそられたのは、偏屈者らしい伯母の、しかし、姪《めい》の蝶子からの年賀状までは無視しきれないらしいその心の揺れが、おかしいような、かなしいようなものを、蝶子に投げかけてきたためである。

伯母がのこしたボロ家は、築後、少なく見積もっても半世紀はたっているであろうという話だった。

もともとが中古住宅だったのを、伯母が、さらに価格をたたいて購入したという。土地は借地である。こうしたことはすべて老弁護士が説明した。

そのころは伯母もまだ四十代になりたてで、二十年後に定年を迎えたときは、住宅購入ローンはきれいに完済されていた。

そういった一連のいきさつを、ことこまかに、まるで伯母になりかわったかのように感慨をこめて語る老弁護士の話が一段落したとき、蝶子の身内のだれかが思わずたずねた。その問いかけは、その場にいた全員の気持を代弁したものだった。

「失礼ながら先生。先生と故人とは、どのような間柄だったのでしょうか。こう言ってはなんですが、亡くなったひととの暮しぶりから察するに、謝礼をお支払いして弁護士さんにいちいち相談を持ちかけるというのはちょっと想像しにくいんですよね。そんな資産家でもありませんし、弁護士さんをあいだに立てなくてはならないようなトラブルがあったようでもないし。しいて言えば遺言書の作成ぐらいでしょうか。それだって、たいした内容の遺産分けでもない。でも、たったそれだけの依頼人なのに、先生は故人の生前のことに、それも昔からのことにかなりおくわしいようなので……あ、失礼なことを申しあげましてすみません」

写真に残る晩年の物理学者・アインシュタインにそっくりな老弁護士は、豊かでもじゃもじゃのしらがと、鼻の下にたくわえた白いひげと、小さな丸い目で一同を黙って見わたし、やがて「キャハハハッ」と上体をのけぞらせて陽気な笑い声をあげた。

「なんの、なんの、その手の誘導訊問には引っかかりませんぞ。わたしと故人とは何十年も前からの知りあい。ただそれだけのことですわ。お若い方、わたしみたいな年寄りを、そんなふうにからかってはバチがあたりますぞ」

老弁護士は亡くなった伯母とはほぼ同年代の七十代なかばだろうと蝶子の親たちは言っていたけれど、これも後日知ったところでは、とうに八十歳をこえていた。しかし、かくしゃくとしたものだった。

蝶子は最初、相続を放棄するつもりでいた。

相続するとなれば、こまごまとした書類上の手続きとかの面倒なことにかかずらわなくてはならないし、毎年の固定資産税の支払いも義務づけられる。あるいはいっさいの手続きを専門家にまかせたにしても、そこにはばかにならない金額の依頼料が発生する。だいいち、そのころの蝶子は、自分の持ち家なるものへのイメージが、どうがんばっても持てなかった。

なんといっても、まだ三十六歳なのだ。

これから結婚するにしても、若すぎることはないが、遅すぎもしない。出産だってできる。

蝶子の相続放棄の意向を聞いても、「だったら、あの家は自分がもらいたい」と言いだす親族はいなかった。そのくらいボロ家だったし、しかも借地となれば、ありがたみはぐんと目減りした。

蝶子たちの冷淡な反応を知って、なぜか老弁護士は機嫌をそこねたらしかった。

「女ひとりで生きていて、ようやっと持ち家を手に入れるまでに、どれだけの苦労があったか、おたくさんたちは、そのへんのことがちっともわかっておらん」

老弁護士のほかに、もうひとり相続に関心を示したのは、蝶子が当時つきあっていた男である。三つ年下の営業マンだった。

「ボロ家はボロ家なりに、どこかに再利用の方法があるはずだと、おれは思うけどな」

男に引っぱられるようにして、ふたたび伯母ののこした家を見にいき、そして、従来がどんな間取りだったかもわからないほどに物置き場となっている二階部分が、それぞれに小さな流しとユニット式バス付きの三部屋だったことをつきとめたのも、その男だった。いつ、どこから入手したのか、伯母の家の簡単な手描きの間取り図までちゃっかりとブリーフケースからとりだしてきた。

「つまりだ、きみの伯母さんは、こっそり二階の部屋を間貸ししてたんだな」

「でも、伯母さんが亡くなったときは、二階には住んでるひともいなくて、もうこのものすごい状態になってたけど」

と蝶子は足の踏み場もないほどのそのスペースに、おびえた視線を走らせた。晩年の伯母の正気を疑わせるぐらいに収拾のつかない廃棄物とゴミの山に圧倒されていた。

蝶子の質問に答えるかたちで、背後で声がした。老弁護士だった。

「間貸しは、ある時期からぱったりやめましてな。住人とトラブルが何回かあって、すっかりいやけがさしたようで。しかし、部屋を貸したそのあがりで、この家のローンもきれいに返済できた」

つきあっていた男が口をはさんできた。

「いや、こちらの弁護士さんから、それを聞いてね。これはほっとく手はないと」

「聞いたって、いつ？」

「いや、きみにはあとで話そうと思ってた」

抜け目なく計算高いところのある男だった。しかし、つきあっていたそのころは、けっしてそうは思わず、男の如才のなさ、何事にも抜かりのないのが、ひどく頼もしく感じられたのだ。

「これってチャンスだよ」

と男は自分にめぐってきたチャンスであるかのように目を輝かせて蝶子を見た。

「きみがこの家を相続して、二階の三部屋を間貸しすれば、月々ばかにならない副収入になるじゃないか。おれたちサラリーマンの夢だよ、それは」

「……いまどき間借りするひとなんて、いるかしらねえ」

「だいじょうぶ。いるって。だれもかれもが高いアパート代を払いたがってるもんでもなし、多少は不便でも家賃は安いのにかぎるっていう考え方もある」

「……けど、私、男のひとには貸したくないな。玄関もひとつなわけだし……」

「もちろん、貸すのは女だけ。男は何かとあぶないからな」

さっそく翌日から男は采配《さいはい》をふるいはじめ、ハウスクリーニング、メンテナンス、リフォームなどの業者がひっきりなしに伯母の家に出入りするようになった。

間取りはそのままに、壁と天井のクロスをはりかえ、小さな流し台をステンレスの真新しいのにし、照明器具はすべてとりかえ、フローリングの床はワックスをかけて新品同様に磨きあげた。

「これは投資さ」

と、ある日曜日の午後、まだリフォーム作業の途中でペンキのにおいもなまなましい伯母の家にいったとき、男は得意気に言った。

「きれいな部屋だと借り手もすぐに見つかる。三部屋ともふさがっちまえば、投資したぶんぐらいは、すぐにとりもどせる」

伯母の家の手直しには一ヵ月ほどを要し、そのあと蝶子が相続などの手続き上の書類を、老弁護士の助けを借りて提出した。

そこでようやく入居者の募集をかけてみたところ、蝶子の予想をはるかに上まわる大勢の希望者があらわれた。うれしい驚きだった。

仲介役の不動産会社に言わせると、

「何しろお家賃が、ほかとくらべますと、とってもリーズナブルでして。それと、間借りと申しますか、ハウスシェアと言いますか、他人の体温が感じられる住いが魅力だとおっしゃる若い女性も、なかにはいまして」

という話だった。

あれこれと考えた挙句《あげく》、面倒だけれども、蝶子は入居希望者たちと面接してみることにした。部屋を貸すだけの大家とは違い、一階と二階に分かれているにしろ、ひとつ屋根の下で暮すことになるのだから、やはり、少しでもうまがあう、というか、虫の好かない相手は避けたかった。

面接には男も立ちあった。

「だって、きみとは多分、長いつきあいになると思うし、ってことは、間借り人たちともおれは長くつきあうってことだから、いまから顔なじみになっておくのがいいだろう」

そのことばを聞いて、蝶子は内心うれしさに涙ぐんだものだった。ここにたどりつくまでの経緯を振り返って、もう彼は一生の伴侶《はんりよ》、と思い決めても、けっして蝶子ひとりの自惚《うぬぼ》れにはならないだろう。

大勢の入居希望者から選んだ三人のうち、男が声を裏返すほどに積極的に推《お》したのは、綾音である。そのあまりの熱心さは、蝶子を不愉快にさせるほどだった。

しかし、当時二十六歳の綾音は、だれもが吸い寄せられて目がはなせなくなってしまう華やかなオーラを発散させ、きれいで、チャーミングで、ガラス細工みたいに繊細で、品格があった。男のわれを忘れたような露骨な態度にしらけつつも、蝶子もまた綾音にはひと目で魅了された。

綾音は、人材派遣会社に登録するかたわら、さまざまな資格取得に情熱を傾けていた。

それも通信講座や専門学校で一、二年ほど勉強すれば、たいがい自動的に取得できるといった、そう難しくはない資格ばかりだったけれど、本人は大まじめにそれにとりくんでいた。母親が全面的に後押ししてくれているのだともいう。

いわゆる「田舎《いなか》のひとりっ子のお嬢さま」として両親の愛情につつまれ、何不自由なく育ってきたらしい綾音だった。

あっけらかんと明るく、翳《かげ》りなどはみじんもなく、「将来的なことを考えて資格をとっておく」と言うわりには、「きょう一日さえ楽しければ先のことなんてどうだっていい」ふうなノーテンキなニュアンスが言動のはしばしにちりばめられる綾音は、しかし、やはり、蝶子たちの目を釘《くぎ》づけにするほど特別な何かがあった。

「こちらのお部屋は母のすすめでもあるんです」

と綾音は、いかにも楽しげに言った。

「これまでは、ごくふつうのアパートのお部屋でひとり暮しをしてたんですけど、ここで思いきって環境を変えてはどうかと、そう母が言いだしたんです。ええ、母はしょっちゅう田舎からでてきて、私の世話をしてくれます。で、母が言うには、間借りというのは、何かと面倒なようだけど、そのかわり人生勉強にはなる、特に私みたいなひとりっ子には、いろいろなひとのなかに入ることは貴重な体験だ、と」

綾音の話のなかにひんぱんにでてきた「母」とは、入居が決まったあとに、はじめて紹介されたのだけれど、こちらも娘に勝るとも劣らない美しいひとだった。綾音の上に、そのまま年月というセピア色のベールをうっすらとかけたような印象がした。

母娘《おやこ》はその顔立ちだけでなく、色白な肌質から、細身のすらりとした体つきまで、じつによく似ていた。

綾音の、どこかしらこちらの官能を揺さぶってくる魅力に抗しきれなかったその反省をふまえて選んだようなのが遠望子である。別に反省する必要もないし、綾音にはなんの責任もないのだが、蝶子は、とりのぼせたように綾音に魅せられて決めた自分が、だれにともなく妙に気恥かしかったのだ。

綾音を強力に推した男はといえば、綾音の入居が決定したからには、あとはもうどうでもいいというふうな熱の入らなさだった。ここでもあまりに見えみえな男の態度に、蝶子は嫉妬と失望を同時にかみしめた。さらに、ほとんど同時に、そういう男を許してもいた。どんな人間にも欠点はあるものだ、と。

三十一歳のその日までずっと独身で、総合病院の事務職を、やはり、十年以上もつづけてきたという遠望子は、容貌も、服装や化粧のセンスも、そのしゃべり方さえ、「地味」をテーマにきっちりとまとめてもれはないという、いかにも手堅い第一印象だった。

勤務先の病院はここから駅がひとつはなれている近さなのと、家賃の安さにひかれた、と遠望子は、愛想笑いも浮かべずに、蝶子と男を交互に見ながら、落ち着いた歯切れのよい低い声で言った。

自分より五つ年下なのにずっと落ち着いていて、悪く言えば、生活するのに疲れているような雰囲気の遠望子に、蝶子は、ひそかな優位性をいだいた。このひとには負けてない、という、たいして根拠のない、出会いがしらに瞬時に品定めしあう、犬猫たちがよくやっている動物的レベルのそれである。

そして、優位性は、すみやかに、親近感と安堵《あんど》感といたわりの気持にすりかわった。

「これまでにひとり暮しの経験は？」

とたずねた蝶子に、遠望子はにこりともせずに答えた。

「いいえ。このトシまで一度も。親の家におりました」

「そうですか」

「ひとり暮しはしたかったのですけど、やはり家賃の高さがネックでした」

「この一軒家に」

と蝶子は首で示すように、新築同様の家のなかをぐるりと見わたした。入居希望者の面接は、物件の下見をかねて、メンテナンスの終了した伯母の家でおこなわれていた。

「家主の私もふくめて、女性四人でシェアすることになりますが、その点の不安はありませんか」

「私、五人きょうだいのちょうどまんなかなんです。きょうだいが多いと、なかには、どうしても相性の悪いきょうだいもでてきますが、大喧嘩《おおげんか》はしたことありません。ほどほどに折りあい、妥協する智恵が、子供のころからしぜんと身についたみたいです。私の特技といえば、このだれとでも協調できる点かもしれません。いえ、特技というより唯一の取り柄《とりえ》というべきでしょうか、正しくは」

あくまでも淡々と礼儀正しく、それが堅苦しい雰囲気にもなっている遠望子だったけれど、意外とたくまざるユーモアのセンスをにじませた。

最初はとっつきにくいものの、いったん打ちとけると、けっしてこちらの信頼を裏切らないのが遠望子みたいなタイプだった。少なくとも蝶子のこれまでの経験からするとそのはずなのである。

蝶子とともに入居者面接にあたっていた男は、遠望子についてはいっさいコメントせず、眠そうな目で黙りこくっていた。蝶子が感想を求めると、「いいんじゃないの」と気のない返事をした。それは言外に「おれ、ぜんぜん興味ないタイプ」と言っているも同然だった。そして男のその無関心さが、蝶子にもわからなくはなかった。

一浪し、いまは私立大学の二年生だという真咲は、見るからに初々《ういうい》しく清潔感にあふれ、年配者たちが若者はこうあってほしいと望むイメージをそのまま体現したかのような女の子だった。

といっても、それは年配者から見てであり、真咲と同年代の者たちから見れば、「別にどうってことなくフッー」と言い返されるだろう。ピアスもしていなければ、髪も染めていなかった。はきこんだジーンズに洗いざらしのシャツといったいでたちも、かえって真咲の若さを際立たせるためのおしゃれのように蝶子には感じられた。もちろん、それはこちらの勝手な買いかぶりで、真咲としては着なれたいつもの服を、いつものように着ているだけの話だろうが、ついそんなうがった見方をしてしまうほどに真咲の印象はさわやかだった。

一緒にいる相手の悪意を封じこめ善意だけを引きだしてしまうたちの人間がいるけれど、どうやら真咲もそのひとりらしかった。若いというだけではない、持ってうまれた人柄のよさというのだろうか。

蝶子だけでなく、男もそうしたものを感じたらしい。男の目つきや口ぶりの、ギトギトしたおとこ的な脂分《あぶらぶん》がたちまちに洗い流され、かわりに父性的で温厚な、と形容するしかない表情があらわれてきたのには、蝶子もめんくらった。はじめて目にする男の一面だったのだ。

真咲はちゃらちゃらしたところのない堅実派という点では遠望子に似ているようで、しかし、じつはまったく別タイプの堅実派だった。

物事に対する割り切り方が、クールというか、どんな場合にも自分の考えから軸足がぶれないというか、つねに頭のなかが整理されていて、自己矛盾に振りまわされない。

遠望子は、それにくらべると、ぐんと土着的だった。

「実家からの仕送りとバイトと奨学金でやってます。いまは大学の女子寮にいるんですけれど、管理人さんご夫婦があまりにも干渉しすぎて、疲れてしまうんです。でも、あんまり家賃の高い所は借りられないし、ひとりぼっちでいるよりも、多少はひとの気配がするほうが、性格的にほっとします。ここは住宅地で、環境もよさそうですし、バイトで帰りが遅くなったときも安心かなって」

にこやかにさらさらとした口調でそう言ったあと、色気のない同じ口調のまま真咲はたずねた。

「あのう、ここ、男子禁制ですか」

綾音にも同様の質問をされていた。

そして蝶子は、綾音にきかれたときよりも、しどろもどろにならずに応答できた。

「いまどきそれは無理ですよね。ですから、良識を持って、ほどほどに、とお答えするしかありません。他の住人に対してのマナーというか、事前の話しあい、了解ってことも、必要になります。この取り決めは守っていただきませんと」

「それがいやなら、こちらに入居しなければいいんですものね」

「そういうことです」

蝶子としては、きっぱりと男子禁制の一線を引きたかった。

しかし、実際には自分がつきあっている男がいて、当然通ってくることになり、それなのに二階の間借り人たちに男子禁制を言いわたすことは、なんとしてもできずにいた。家主の権限でやろうとすればできるだろうけれど、蝶子は、そういう権限をふりまわし、それが家主たる者の特権だと開き直ることのできる性分ではなかった。

結局、蝶子の心配は、取り越し苦労におわった。

三人と同居していた三年間、二階に男性の出入りがまったくなかったわけではないにしろ、それはほんのかぞえるほどだったし、住人同士のトラブルに発展することもなくてすんだ。

それにもっとも大きな番狂わせは、入居する三人の顔ぶれも決まり、蝶子が伯母の家に引っ越すのとほとんど同時に、つきあっている男の仕事が急に多忙になったことである。こちらから電話しても、なかなか連絡がつかない。ようやっと連絡がついても、男は仕事の忙しさと大変さを、蝶子相手に愚痴りつづけ、とてもそれ以外の話など持ちだせる状態ではなかった。

「仕事がひと区切りしたら」という男のことばを信じて三ヵ月すぎたある日、ロッカールームで蝶子は職場の同僚から、来月、男が結婚するという事実を知らされた。

「まさか……」

「ううん、ほんとみたい。彼の後輩から聞いたもの」

「だって、そんな……いえ、まさか、あり得ない……」

「ちょっと、ちょっと、もしかしたら、あの男とつきあってたの？　あいつは口がうまいだけの、いい加減なやつだから、やめとけって、私、あなたに言ってたと思うけど。基本的に、あなたってひとは、ダメ男が好きだからね」

「つきあってなんかいない。ただびっくりしただけ、ほんと」

「ふうん。だといいけど」

それからの数日間、蝶子は男のもとに電話をかけまくり、連絡がとれるまでそれをくりかえした。

そのしつこさに、やがて観念したように電話してきた男に、蝶子は嚙《か》みついた。

「いったい、どういうことよッ。結婚するんですって？　私ってものがいながら、二股《ふたまた》かけてたってこと？」

「…………」

「ちゃんと答えなさいよッ」

「わかった。言うから。とにかく静かにしゃべってくれ……」

と、うんざりした口ぶりで言ったあと、男は、ふいに投げやりに言い放った。

「あのな、二股じゃなく三股。同時進行でつきあってたのは三人」

「三人も……」

「いや、おまえもかなり優勢ではあったんだ。市役所勤めだから安全と安心度ではダントツの一位だし、おれんとこの会社と違って倒産もない。それに伯母さんの家を間貸しさせて副収入の道もついた。あのころまでは、おれも、もうほとんどおまえに決めたつもりでいたんだ」

「私だってそうよ。だから伯母さんの家のことでは、あなたに相談にのってもらったんじゃないの」

「そうだよな。しかし、蝶子、世の中は何が起こるか、わからんもんだな。つきあってた別の彼女が、親にマンションを買ってもらうことになってさ。それも新築で、交通の便もバツグンの所。ただし、結婚するってのが条件。つまり結婚祝いにそのマンションを買ってくれるという。借金ゼロだぜ。こんなうまい話をのがすって手はないからな、でもって思いきってその彼女と結婚することにした。ま、そういうことさ」

と、男はわるびれる様子もなく、むしろ女にモテて仕方のない自分自身に、どこかで飽きてるみたいな色男の口調で、他人事《ひとごと》のように語った。

他の女の気配はうすうす感じてはいた。しかし、伯母の家の相続の件が持ちあがってからは、男の関心をしっかりと自分に引きつけているという手応えがあったのだ。手応えは、しかし、蝶子の一方的な勘違いだったようだ。

男とはそれきりになった。

もちろん、電話をきる前に、いくつかの罵詈雑言《ばりぞうごん》を男にあびせかけはしたものの、それで気持がすっきりと晴れたわけではなく、蝶子はしばらく痛手から立ち直れなかった。男のすすめとそそのかしがあったから、相続する決心のできた伯母の家だった。男が積極的に段取りをつけてくれたから踏み切れた間貸し業であり、そのためのリフォームとメンテナンスだった。いま男は去り、蝶子には、三名の間借り人たちと、リフォームにかかった費用の支払いローンだけが残された。

例の老弁護士は、それから数年後に亡くなった。彼と亡き伯母の、何かしらいわくありげだった間柄は、ついに明かされることなく幕をとじた。

約束の八時。

一階のリビングのテーブルには、七年ぶりに全員が集まっていた。

キッチンとはカウンターで仕切られただけのフローリングのそこは、正しくは蝶子の住居の一部なのだけれど、いつとはなしに四人共有のオープンスペースとして使われるようになってしまったものだった。

伯母の生前から置かれていた古びた大きな楕円形《だえんけい》のテーブルと五脚の椅子が、しぜんとひとを呼びこむ役目をはたしていたのかもしれない。その古び具合は郷愁を、たっぷり八人はすわれるテーブルのサイズは家族の団らんをイメージさせていたのだろう。

そして真咲と遠望子がここをでていったあとも、このテーブルは蝶子と綾音の食卓であり、アイロン台であり、作業台、勉強机などでありつづけて、きょうにいたっていた。

真咲と遠望子は、約束の八時ちょうどにつれだってあらわれた。昔から時間には几《き》帳面《ちようめん》なふたりだった。白ワイン一本に、小さな籐《とう》のかごにアレンジメントされた紫色の小花、デザート用のロールケーキが、ふたりからのプレゼントだった。花かごは、さっそくテーブルに置かれ、白ワインは冷蔵庫に、それと入れ違いに冷蔵庫からとりだされた白ワインが栓を抜かれ、テーブルの上のグラスにつがれた。

皆の視線が蝶子にそそがれた。

「えっと……すわったままでいいよね……こんなふうに四人がここにそろうのは、かれこれ七年ぶりです。個別には電話しあったり、そとで会ったりもしてたのに、なぜか、ここで一堂に会するチャンスはずっとありませんでした。これも別に理由はなくて。でも、きょうの再会をきっかけに、また親しくおつきあいできますように。かんぱいッ」

「かんぱいッ」「かんぱい」「カンパーイ」

と三人も口々に明るく言いかわす。

「でも、なんでかな。なんで七年間も、こうしてそろわなかったわけ？　いえ、自分でも不思議だなあって思うのよ」

綾音の無邪気な問いかけは、きょうの日取りが決まってからのこの一週間、折りにふれて蝶子にむけられた。そのたびに蝶子は返答したはずなのに、綾音はいまひとつ納得しきれないらしかった。

「だからね、何回も説明したように、ここで四人が暮しはじめた十年前といえば、それぞれがいちばん人生の変り目まっただなかの年齢だったからよ。変って当然の年齢。で、それぞれが自分のことにかかずらわっていたから、それ以外のことは、どうしてもおろそかになってしまった。それで、しぜんと私たち四人も疎遠になったってこと。よくある話よ、考えてもみて。十年前のあのころ、遠望子さんは三十一、私は三十六、綾音ちゃんと真咲ちゃんなんて二十六と二十一の若さ」

蝶子のあとを遠望子が引きとって、冗談なのか本気なのかわからない、ぼそぼそとした口ぶりでつけたした。

「夫がいて、子供のひとりかふたりでもいて、しかもパートで働いてでもいたら、こんなふうに四人そろって旧交を温めるっていう気持の余裕もないしね。さいわいに、というか、私たち全員、夫はいないし」

「夫のいた私も別れちゃったしね」

と、他人事みたいに真咲がさらりと言ってのけた。

真咲の結婚は早かった。大学を卒業し、社会人となったその年の秋に挙式し、ここをでていった。仕事はつづけ、子供はいない。

「結婚は、結局、どのくらいつづいたの？」

とたずねる綾音は、小走りにキッチンにいってもどってきたところで、手にした小ぶりの白いホーローのボウルからカラをむいたゆでエビを、ガラス鉢に盛られたサラダに手早くちらした。「忘れてたのよ、これ」

真咲は、そんな綾音の手もとを見ながら答えた。

「四年半」

「ふうん」

「この結婚は失敗だったと気づいたのが二年目。でも、ほんとに失敗なのか、そう思う私がまちがっているのか、好転する可能性はないかって見きわめるのに二年半かかった。二年半のあいだには夫ともじっくり話しあったりもしたんだけど、やっぱりだめだった」

「ふうん。そういう理知的で地道な努力を、とりあえずはやってみる、しかも二年半もかけてっていうところが、真咲ちゃんらしいわね。私も見習わなくちゃね」

しかし、綾音の最後のことばは、真咲へのお世辞というべきもので、実感はぜんぜんこもっていなかった。

しかし真咲はそれにこだわる様子もなく、綾音にたずねた。

「……それで綾音さんは、あの婚約者とかいうひととは、いまもつきあってるの？」

「あの？　あのって、だれのことよ？　……えーッ、まさか十年も前のあの彼なら、とっくに別れたわよ。やだ、真咲ちゃん、あれから十年もたってるのに、つきあっているはずがないじゃない」

皆の注目をあびて、急にあでやかなオーラをまきちらしだした綾音だった。

「でも私からすると、あの当時、ものすごい人生のドラマを見せてもらったという感じで、忘れられないな。二十二、三のころで、ようやっと人生の入り口に立ったばっかりで」

「私、何をそんなに真咲ちゃんをびっくりさせたのかしら」

「だって、ちゃんと婚約者がいるのに平気で浮気して、それが彼にバレても、どっちかひとりを選ぶことはできないって言って、で、さらにもめにもめて……なんてドラマ、あれからも私の身辺にはないもの。綾音さんぐらい」

真咲の口ぶりに非難がましいニュアンスはちらりともなく、また綾音も気分を害するどころか得意そうな表情なのを見て、蝶子は口をはさんだ。

「そのドラマの続編は、この七年間に何回もあったの。いえ、続編というよりニューバージョンか」

「何回も？」

真咲がさすがに驚きをかくせないらしく語尾をあげた。

綾音は艶然《えんぜん》とほほえんでいる。その目は蝶子にさらなる説明を求めていた。

「そうよ。ヒロインはつねに綾音ちゃんで、男ふたりはそのつど違うけど、パターンはきまってこれ。誠実な婚約者がいながら、必ず、別の男に走る。婚約者にバレる。婚約者がまたいいひとぞろいで、綾音ちゃんの告白をきいても逃げださないの。彼女のことを本当にわかっているのはこのぼくだけだっていうせりふも、必ずどの婚約者も言う。あれもすごい話よね」

「蝶子さんの知らないケースはないんだ」

「別に知らなくてもいいのよ、私としては。けど綾音ちゃんが、ことこまかに報告してくるから」

「あら？　私はてっきり蝶子さんが聞きたいのだろうと思っていたのよ。違ったの？」

それまで三人のやりとりを黙って見守っていた遠望子も仲間入りしてきた。彼女のグラスのなかのワインは、もうなくなりかけていた。

「蝶子さんと綾音さんはいいコンビね。真咲ちゃんが結婚するのでここをでていって、そのあとすぐに私も別の所に移って。でも、綾音さんはずっとここに住みついていてくれた。私なんか、そのことを感謝してる。真咲ちゃんと私と立てつづけにでて、それで綾音さんもでちゃったら、なんだか蝶子さんがかわいそうでさ。ほんとけ、私、気がとがめてた。せめて真咲ちゃんがでたあと一年ぐらいのあいだを置けばよかったのに、いろいろとあったものだから。勝手して悪かったわ」

残る三人は、つかのま、とまどっていた。

遠望子の印象が十年前、いや七年前とは百八十度も変っていたからである。以前の彼女なら、たとえ胸のうちでそう思っていたにしても、相手に感謝したり、ほめたり、評価したりといったことばが、なかなかストレートに言えない性分だった。むすりと無愛想で、何かしてあげても、小声でそっけなく「どうも……」と言うだけのマナーの悪さは、同居した最初のころ、残る三人をカチンとさせたものである。蝶子などは見かねて、じかに遠望子に、「もう少しお礼のことばとか、謝りのことばは出し惜しみしないでほしい。それが共同生活のコツでもある」と注意したりもした。それでも遠望子の無礼なほどの無愛想はすぐにはなおらなかった。

しかし、この七年間は遠望子を変えたらしい。それともワインの酔いのせいなのか。

「あなたたちがでたあと、あらたに入居募集はかけたのよ」

と蝶子は、つい遠望子をじっと見つめてしまいそうになる自分をはぐらかすように口をきった。

「入居希望者もけっこういて、実際に住んだひとたちもいたわけね。でも男のひとをこっそりあげて何日もかくれて泊らせたり、家賃の延滞が何ヵ月もつづいたり、留守中に一階の私の寝室まで平気で入ったりするようなひとがいたりで、こっちからでてってもらったひとも少なくないの。そうなってみて、遠望子さんや真咲ちゃんがどれだけ協力的で、ルールをわきまえてくれていた店子《たなこ》さんたちだったか、ほんとに痛感したわね」

　綾音が蝶子の話を引きついだ。

「ほら、だいたいが蝶子さんって、大家さんっていうタイプじゃないでしょ。よくも悪くも、デンと構えてもいないし、かといってこまめに話を聞いてまわって苦情を解決するお世話タイプでもない。ま、ひょんなことから大家になってしまったってだけで。だからね、苦労が多かったの」

「それって、遠まわしの私の悪口？」

　蝶子の問いかけを無視して綾音はつづけた。

「真咲ちゃんと遠望子さんがでたあと、入居者のことで何かと苦労した大変な時期は三、四年ぐらいだったかなあ。そのうち蝶子さんも弱気になって、いいひとなら男性の入居もＯＫってことにしようか、なんて言いだして」

　真咲が目をまるくした。

「入れたの？　男性も」

「まさか」

　と綾音は余裕たっぷりの仕草で首をふった。

「私は大反対したの。男性がまじると、この家の空気がまるで別のものになるのは、目に見えてるし、大家さんとしての蝶子さんの気苦労もふえるだけ。同性同士だとなんでもないことでも、いちいち気をつかわなくちゃならないでしょ。ほら、このリビングに夜中おりてきてお茶でも飲みたくなっても、男性がいると思うと、ド派手なナイティのままだとまずいし」

「ド派手なナイティ？　どんなの？　イメージ、わかないなあ、私には」

とつぶやきつつ、遠望子が、二本目のワインボトルのコルクを抜き、手をのばして皆のグラスにつぐ。といっても他の三人のグラスの中味は、まだ半分も減っていない。

「っていうより、私がいちばん心配だったのはね」

綾音はまるで秘密を打ちあけるかのように、テーブルの上に身をのりだし、心持ち声をひそめた。

「……心配だったのは、蝶子さんの男の好み。面接するのはいいけど、蝶子さんが自分のタイプを優先して決めたりすると、また、ほら、何かと面倒なことになるんじゃないかって」

蝶子はむっとして言い返した。

「私の男の好みが心配だって、どういうことよ。失礼ね、まったく」

伯母の家を相続し、二階を間貸しするにいたった経緯と、それを全面的にバックアップしてくれた男がいたといういきさつは、四人が一緒に暮しはじめてほどなく、蝶子はしゃべってしまっていた。四人とも外出の予定のなかった週末の夜、それぞれの飲みものを入れたマグを手にこのリビングに集まり、なんとなく身の上話めいたやりとりになった際、そういうつもりはまったくなかったのに、気がつくと洗いざらい語ってしまっていた。そのとき蝶子が手にしていたマグの中味は、ブランデー入りの紅茶だった。おそらくブランデーの量が多すぎたのだろう。

そして蝶子の話を聞いた三人の、男に対する反応は見事に一致した。

「ろくでもない男。知能犯」「蝶子さん、どうしてつきあっている途中で見抜けなかったの」「二股どころか、三股かけられていたなんて、それって、男も男だけど、蝶子さんもマヌケすぎじゃない」

年下の同性に、しかも真咲などは十五も年下なのに、口をそろえて男を見る目がないというふうに呆《あき》れられ、蝶子はじつにおもしろくなかった。三十六歳のその日まで、面とむかってだれからもそのように言われたことはなかったからだ。

その後の数年間、蝶子が自宅に招いた男たちは三人いる。真咲と遠望子がでていったあとである。

ひとりは、綾音の田舎の実家から送られてきた大量の上等の豚肉で「しゃぶしゃぶ」パーティーをやったときに呼んだ大食漢にしてグルメの男。ひとりは大工仕事が得意と聞いて、キッチンの棚づくりを頼んだ相手。もうひとりは職場の後輩の結婚披露パーティーで知りあった。

三人とも、つきあうとまではいかない、まだ浅い間柄の段階だったものの、相手はともかく、蝶子としてはこの先つきあっていきたい気持は十分すぎるほどあった。そんな下心をかくしての自宅招待だった。

どの男を招待したときも、綾音をまじえてリビングで午後のお茶を楽しんだ。アフタヌーン・ティーをまねて、ハムやチーズの小さなサンドイッチ、スコーンやパウンドケーキなどの焼き菓子、季節の果物などをテーブルの上に用意した。

蝶子より十歳も若く、しかも華のある綾音を同席させるのは、けっして得策ではないとは思いつつも、座持ちのよい綾音のキャラクターに頼りたくもあって、いつも声をかけた。綾音は、予定がないかぎり、上機嫌で承知した。

また、どの男に綾音を紹介する場合も、

「婚約者のいる綾音さん」

と、必ず前置きをつけて、相手に釘をさすのを忘れなかった。実際、当時から綾音に婚約者のいないときはなく、ただ、婚約者のサイクルはめまぐるしく変っていた。

三回のアフタヌーン・ティーは三回ともなごやかにはじまり、なごやかにおひらきになった。男との次のステップが期待できそうなそんな予感をいだかせた。

ところが、綾音があとできまって難くせをつけてきて、蝶子を怒らせた。

「蝶子さん……こんなこと、ほんとは耳に入れたくなくて、言おうか言うまいかって迷ってたんだけど……」

大食漢にしてグルメの男は、蝶子がちょっと席を立ったすきに、綾音を食事に誘ってきたという。「近いうちに、ふたりきりでどう？」

日曜大工が趣味の男は、蝶子の家でのその作業現場に綾音が見学にいくと、それとなくお尻にさわってきた。最初はそうとは思わず、何かにこすったのかとあたりを見まわしたりしたが、二回、三回とつづくうちに、はっきりと男の手だと悟った。「やめなさいよッ、恥知らず」と綾音がしかりつけても、男は顔色も変えずに、まるで自分は無関係と言わんばかりに、平然と大工作業の手を動かしていたという。蝶子が男にふるまう夕食の買いものに近くのスーパーにいっていたあいだの出来事である。

後輩の結婚披露パーティーで意気投合した男は、外見は三人のうちでいちばんおしゃれで、アフタヌーン・ティーにも、上等のクッキーを手みやげに持ってくる気のきく人物だったせいか、その日は何ごともなく辞去し、翌日、綾音に電話をかけてきた。

彼がしきりとききたがったのは、蝶子の正業である市役所職員としてのおおよその年収と、副業の間貸し業がどれくらいの利益をあげているかといったことだった。「私にはわからない」と綾音がつっぱねても、男はずうずうしく、しつこく食いさがってきて綾音を閉口させたという。

そんなふうに、寝耳に水といっていい男の裏面を聞かされるたび、蝶子は綾音にむかって激昂《げっこう》した。

「そんなはずないッ。誤解よ。綾音ちゃんが、なんか、勘違いしてるだけ、ぜったいにッ」

しかし胸のうちでは半分は、ありうるかもしれない、とショックに打ちのめされそうになってもいた。

その手のうそを、日ごろから綾音はつかなかった。

男たちを翻弄《ほんろう》する癖《へき》はあっても、男をめぐって同性と敵対することはもちろん、男のことで他の女の嫉妬をわざとあおったり、やきもきさせたり、傷つけたりするのは自分の趣味ではないと、つねづね言いきってもいた。

だから、綾音がでたらめを言っているとは、とても思えない。

かといって、綾音のことばをうのみにするのは、あまりにもつらくて、みじめだった。

それで蝶子はこう解釈することにした。

綾音を食事に誘った男は、「ふたりきりで」を冗談のつもりで口走っただけなのだ。

それなのに綾音は真《ま》に受けた。

綾音のお尻にさわったというのは、これは、まったくのアクシデントで、男はそんなつもりはなく大工道具をとろうとして、お尻にちょっと二、三回ふれてしまったというのが真実だろう。

蝶子の収入について綾音に探りを入れた男は、ある意味では正直で慎重なのだろうし、結婚を意識すれば、当然、その点が気になってくる。特にプライドの高い男にとって女の年収は気にならないはずがない。つまり、単に、そういうことにすぎないのだ。

三人の男たちとは、アフタヌーン・ティーに招待したあとも一、二回そとで会ったりもしたが、結局、うまくはいかなかった。具体的なもめごとがあったわけではなく、一緒にいても会話がはずまず、たがいにしらけるだけだった。

男性の入居者もOKにしようか、と蝶子が弱気になってそう言いだしたとき、綾音が断固として反対したのは、そうした男を見る目のなさ、というか、そうしたある種のタイプにひかれがちな蝶子が心配で不安だったという理由もあったのである。入居者に男性がまじると、家の空気が微妙に違ってくるわずらわしさも、言うまでもなくあったけれど。

男性入居者の件はお流れとなり、やがて、蝶子も四十路《よそじ》をふたつみっつすぎると、結婚を望む気持は、なぜか急速に薄れ、男たちとの新しい出会いもめっきりと減った。結婚相手にふさわしい蝶子とほぼ同年代の男たちや、少し年上の男たちは、そのほとんどが既婚者になり、その年齢でずっと独身をつづけている男たちには、蝶子の食指はちらりとも動かなかった。

間貸ししている二階の三室のうち、借りている部屋に加えて、もう一室借りたい、と綾音が言ってきたのはいつだったろうか。

そうなるまでに、新しい入居者たちのさまざまなトラブルにつきあわされ、男性入居者の案もでたものの実現はせず、といった数年がすぎていた。

そのとき二階の住人は綾音ひとり、一階には家主の蝶子というふたり暮しが一年近くつづいたあとだった。

「蝶子さん、私、もうひと部屋借りてもいいかな」

「ん?」

「いいえ、私がっていうか、田舎の母が、蝶子さんにお願いしてもらえないかって言うのね」

「…………」

「ほら、うちの母、だいたい毎月のように田舎からでてきては、私の所に一週間も十日も泊りこんだりするでしょう。正直言って、あれは母にとっても私にしてもちょっとしんどいの。いくら母娘とはいえ、同じ部屋に寝起きを共にするのはね。前々から母はそれとなく言ってはいたの、ひと部屋貸してもらえないかしらって。そしたら母ももっとのびのびこっちにこられる」

蝶子はじっと綾音を見つめた。綾音母娘の申し出はありがたく、うれしかったものの、その説明をまるごと信じるほど若くはない。

「綾音ちゃん」

「はい」

「お気持ありがとう。綾音ちゃんのお母さんにも。でもね、そこまで甘えていいのかって、自分でも思うのよ」

「甘えだなんて。これはうちの母がお願いしてることです。それにね、蝶子さんはご存じないでしょうけれど、うちの田舎の実家って、わりとお金持ちなの。私や蝶子さんよりもずっと。だから遠慮することなんてないの」

それからしばらくたったある日、蝶子が一日の勤めから帰宅すると、綾音の母の野利《のり》子《こ》が一階のリビングのベランダ際のソファにすわっていた。五十代とはいえ、相変らず娘に劣らぬ女っぷりのよさで、思わず蝶子は見とれてしまった。

「蝶子さん、これまでもお世話になっておりましたけれど、今後は娘ともども私もよろしくお願いいします。で、今夜は、私の引っ越し祝いを三人でしたいので、お疲れのところ申し訳ありませんが、ご足労願えます？　あ、うれしい……では、タクシーを呼びましょう。京料理はお好きかしら」

二階の綾音の部屋と壁一枚で隣りあった野利子の住いには、昼間のうちに運びこんだらしいいくつかの家具が置かれ、窓には花柄のカーテンもとりつけられてあった。

ベッドも小ぶりのチェストも、やはり、小ぶりのドレッサーもその前のスツールも、すべて存在感の濃い白の籐家具で、そのせいか、独特の住空間がかもしだされていた。

綾音もげんなりとした反応を示した。

「お母さま、やりすぎじゃない?」

「あなたがそう言うだろうとは思ってましたよ。でも、一度だけ、こういうのをしてみたかったの。田舎じゃとてもできませんからね。お父さまにも反対されるでしょうし。だいじょうぶ。きっと私もすぐに飽きますよ。そしたら、ごくシンプルな家具と総入れ替えします」

以来、野利子の部屋は二階に確保され、いまにいたっていた。かれこれ二年になろうとする現在も、白の籐家具が置かれているところからすると、野利子はまだ飽きないらしかった。いや、さりげなく床のすみに押しやられている白い籐のクズ箱や、同じく白い籐のふた付きのバスケット、まるい小物入れなどからすると、その数は、むしろふえていた。

一時間はあっというまにたち、時刻は九時をまわった。

七年ぶりに四人そろって再会した興奮も、少しずつ鎮《しず》まり、相手の現在が測りきれなくて、どことなく上《うわ》っ調子だったやりとりも、一時間たつころには、年月のへだたりやおたがいの距離がちぢまって、リビングの空気は居心地のよいものにぬくまっていた。

ベランダのレースのカーテン越しに見える黄色味の強い月を眺めつつ、真咲が、海苔巻きをもう一切れ頰張《ほおば》り、うっとりとしたように言った。

「今夜はまたきれいなお月さまよねえ。海苔巻きもおいしいいし。私のリクエストでつくってくれたんでしょ、蝶子さん。昔から、蝶子さんがつくってくれるこれ、私、大好きだった。干しシイタケを一晩水にひたしてもどしたり、ゆっくりじっくりカンピョウを煮ふくめたりって、時間がすごくかかるけど、かかったぶんだけ、おいしさが違うのよね。違わないっていうひともいるけど、私は違うと思う。ほら、干しシイタケだって、ぬるま湯でさっともどすって方法もあるけど、水から一晩かけてもどしたのとでは、微妙に風味が違うのよね」

真咲の手放しのほめことばに、蝶子はしぜんと頰がゆるんでくる。蝶子は昔から料理上手で、習ったこともないのだけれど、薬味やスパイスを効果的に使った味つけは、他の三人が認めるところだった。だから、ほめられるのがうれしくて、蝶子はよく三人にせっせと手料理をふるまったものだ。特に寒い季節になってからのシチューは好評だった。

「海苔巻きはたくさんこしらえたの。私もつくるのは久しぶりだったから張り切って。お持ち帰りのぶんもあるはずよ」

「あ、うれしいなあ、ありがとう」

「お吸いものの用意もしてあるけど、それはお酒のあとのほうがいいでしょ？」

「……うん、ありが……」

と、真咲のことばがとぎれた。深々とうつむいて顔は見えない。

「どうしたの？　気分でも悪い？」

「……いえ。ごめんなさい。なんだか、やさしくされて、胸がいっぱいになって……私、ときどきこんなふうになるの。離婚のリバウンドね、きっと。さっきも話したけど、夫とはじっくり話しあって、おたがいに納得して、それこそ笑って握手するようにして別れたのよ。けど、自分でも気づかないところでズタズタになってもいるらしいの。他人にやさしくされるとね、急に胸がつまって。意地悪されても平気なのに」

「わかるなあ、その気持。やさしくされると、かえって泣けるっていうのは」

と綾音も横あいからしんみりと同調した。

「特に真咲ちゃんみたいにふだんは理性的なひとって、ズタズタ、ボロボロの自分を、どうあらわしていいのか、その表現とか発散のノウハウが自分の内側にないから、妙な部分で破れてもれちゃうのよね、ガス管とか水道管のように」

「ひどいね、綾音さん」

泣き笑いの表情で言い返す真咲を、綾音はさらに励ました。

「うちの母なんて真咲ちゃんが大好きだから、あなたが離婚したと聞いたとき、すっかり考えこんじゃってね。あんなに堅実で、浮わついたところのない、素直で思いやりのある子が、どうして夫婦別れをしてしまうのかって、かなり真剣に悩んだみたい。真咲ちゃんのことは学生のころから知ってるしね。あの子が離婚するぐらいなのだから、離婚するひとたちがどんどん多くなってても無理からぬことだし、そもそもこの社会の結婚のシステムに問題があるに違いないってとこまでいっちゃったわ」

「私のこと、そんなふうに心配してくれるのはうれしいけど、でも、綾音さんのお母さんは、ほんとは自分の娘さんを心配すべきなんじゃない？」

「そのとおり」と、蝶子もうなずいた。そんな憎まれ口をきくほどに、真咲がすぐに立ち直ってくれたことにほっとする。自分が落ちこむと、まわりに余計な不快感や心配をかけるとばかりに、けなげにふるまうところも、昔ながらの真咲だった。

「あら、うちの母は娘の生き方に大満足よ。私が自由に、のびのびと、ストレスもプレッシャーもなく、明るく楽しげに人生を送ってくれればそれでOKって思ってるの、あのひとは。結婚とかも、私がしたいのなら、いつでもどうぞ。でも、したくないのなら、それはそれでいいじゃないかって。父にまでちゃんと説得してくれる」

「それって、お母さんが自分で果たしたかった夢を、娘に託してるってことでもあるのかな」

「ま、なくはないでしょうね。でも、それよりも、短い人生好きなように生きればいいという、あのひとなりの人生観からだと、娘の私は買いかぶって好意的に見てあげてるの」

「お母さんって、昔からそうなの？」

「母なりの苦労はあったみたい。父と結婚して、お姑《しゅうとめ》さんに、それこそ血を吐くほどにいじめられて、そのあいだに実家の両親を次々に病気で亡くして、その心労もあって子供をふたりも流産して、するとまたそのことでお姑さんとお舅《しゅうと》さんにつらくあたられて。流産した子がうまれていたなら、私には妹か弟がいたはずなのね。

父方のその祖父母は、結局、私が小さなころに車の事故で同時に亡くなったんだけど、そのとき運転してたのはおじいちゃん。おばあちゃんを助手席にのせて。そしたら、それさえも母のせいのように親族から言われたんだって。つまりね、どうしてあのトシで運転するのをとめなかったのか。かわりに母が運転してやれば、あんな事故にはならなかっただろうって。ひどい言い方よねえ。悪く言おうとすれば、どこまでも悪く言えるもんだなって、私、もう少し大きくなってその話を聞かされたとき、しみじみ母に同情しちゃった。

こうした一連の出来事は、母が父と一緒になったはたちから三十歳になるまでのあいだに起こったの。次から次へと休むひまもなく。人間、変らないほうがおかしいってぐらいにね。その十年間で、私は何かを捨てたのかもしれないわねって、母が以前に言ってたことがあったわ。それが何かははっきりしないけど」

「人生の大変なドラマを生き抜いてきたんだ……捨てたものは、はたして、なんだったのか、いつかきいてみたいな、野利子さんに」

と蝶子が思わずため息まじりに言ったのは、実家の親きょうだいのあれこれをよみがえらせたからだった。どの家庭にも大小の差はあっても、悩み事やトラブルはつきものらしい。家庭とか家族とかというよりも、人間がそこにふたり以上集まれば、もめごとは生じる、ということなのだろう。

それを思うと、かつてこの家で三年間、年齢もうまれやおいたちもばらばらな赤の他人の自分たち四人が、さしたるトラブルもなく、うまく折りあって暮していられたのは運がよかったというにつきる。いや、むしろ、血のつながらないまったくの他人だからこそ、そこに遠慮や、ほどよい感情の歯止めがかかって、円満さが保てたのかもしれなかった。また年齢や経験のあるなしにかかわらず、自分たち四人は「それなりに大人」だったのだとも、蝶子はあえて自惚れてもみたかった。

真咲もしんみりとつぶやいた。

「野利子さんって、そういう苦労をぜんぜん感じさせないのも、すごいよね。きれいで、お上品で、親切で、ただただひとの善意に囲まれて生きてきたお金持ちの奥さまって、知らないひとは思っちゃうもの。げんに、私たちだって、そう思ってた」

「母の救いは父だったの。父にしても母の信頼を裏切らなかったみたい。お姑さんたちにいじめられていた母を、かげではとっても慰めていたんですって。ま、表立っては自分の親と対立はできなくて、見て見ぬふりをしてるしかなかったけど、かげでは全面的に母の味方だったそうよ。いつもそうやって母には、すまないなって言ってたらしいの。流産のときも、おじいちゃんたちが事故で死んだときも、父だけは母をかばったって。いまでもあのひとたちは、とっても仲のいい夫婦。結婚するからには、こういう夫婦でありたいって、娘の私でも素直にそう思うもの」

「そんなに仲のいいご両親のもとで愛情いっぱいに育った綾音ちゃんが、どうして自分の男関係は素直に育てていけないんだろう。どうして婚約者がいながら浮気するってパターンをくりかえすのか。そもそも恋人とか彼氏のままにしとくのじゃなくて、必ず知りあった早い時期に婚約しちゃうのも、きっと何かあるんでしょうね」

蝶子のことばに真咲もこくりと同意し、さらに綾音本人までもが、

「ほんとよね、なんでかな」

と一緒に首をひねって屈託がない。

このノーテンキな明るさは、綾音の長所であって、けっして欠点ではなかった。だから、真咲と遠望子がでていったあとも、この七年間ひとつ屋根の下で暮してこられた、

と蝶子は折りにふれてそう思う。このノーテンキな明るさと対《つい》になっている万事につけてほどほどのルーズさも、蝶子のテンポにあうし、しょっちゅう田舎からでてくる綾音の母の野利子も、いつのまにか暮しにほどよいめりはりを与えてくれていた。

トイレにいったはずの遠望子のもどりがやけに遅いと気づいたのは、二人ほとんど同時で、口々にいぶかしんだ。

「あれ、遠望子さんは？」

「トイレで気分でも悪くなったのかな」

「私、見てくる」

真咲が見にいこうと椅子から腰をあげかけたとき、リビングのドアが引かれ、遠望子が満面に笑《え》みを浮かべてあらわれた。

「二階の野利子さんの部屋、見てきちゃった」

事前にひとことの断りもなく、他人のプライバシーにふみこんだことに、蝶子は一瞬ひやりとし、言い返そうとしたのを、綾音がやんわりと押しとどめた。

「あら、母の部屋の鍵、かかってなかった？」

「いや、あいてたよ。ドアノブをまわしたらすっとあいたもの」

つかのま、その場に沈黙が流れた。

ああそうだったなあ、と蝶子は思い出した。昔もときどきこういう場面があった。こんなふうに皆を黙らせるのは、つねに遠望子で、ささいなセンスのずれが、三人からことばを失わせ、しかし、遠望子はそのずれにいつまでたっても気づかなかったものだ。真咲がそのずれを説明し、遠望子にわからせようと努力したことも何回かあったけれど、こうしたセンスの違いは持ってうまれたものなのか、ついに遠望子が理解するにはいたらなかった。

その場の三人のとまどいをよそに、遠望子はさらに言いつのった。

「野利子さんの部屋、すっごくすてきだねえ。白の籐家具がずらっと勢ぞろいしてて、カーテンも白地に大きなパァッとした花柄で。私、好きだな、ああいうの。とってもいい香りもした。あれってアロマとか、ポプリとか、ああいうのの香りでしょう？」

「好きなのね、母が。香りにこだわるの。蝶子さんと共通の趣味」

「あ、いや、趣味ってほどのことはなくて。お店で売ってるオイルとか、お香とか、スプレーを買ってくれれば、だれでもできることで……」

遠望子は蝶子の話の途中で、またもやうっとりと言った。

「ああいう真っ白い籐の家具に囲まれた生活って、私の夢なんだ。ふわっといい香りがして、どこもかしこも清潔感にあふれてて。私の憧れそのものって感じ」

「そんなにおほめにあずかって母も喜ぶわ。なんせ、娘の私や蝶子さんの受けはいまいちなので、母は張りあいがなかったと思うの。口にはださないけど、つまらなかったはず」

「好みってさまざまだものね。けど、うれしいな」

と、遠望子はいちだんと目を輝かせた。その瞳のなかには四十一歳ではなく十代の遠望子が宿っていた。

「何もかもすてきな野利子さんとこの私のインテリアの好みがぴったり同じだなんて、なんか夢みたい」

真咲が無邪気に言った。

「もしかしたら、男性の好みも野利子さんと同じかもね。綾音さんのお父さんって、どんなタイプ？」

「どんなって急にきかれても……うちの父って……まあ、ふつうのおじさんよ。いわゆる変ったひとじゃないのは確かね。ふつうの、どこにでもいそうな。外見は特にそう。ただ内面的というか人柄、性格的には、かなりいいひとじゃないかって、娘の欲目でそう思うけど」

「どういう意味のいいひとなの？」

「誠実、温厚、いばらない、だれにでもきちんと正面をむいて接して、やさしいの」

「あ、じゃあ、やっぱり私の好みにぴったり」

と遠望子はさらに十代の瞳になって、はしゃいだ声をあげた。

そのそばで蝶子は、いま綾音が列挙した父親の美点は、綾音が婚約しては破棄しつづけてきた男たちに共通していた性格なのに驚き、かつ、ひそかに呆れてもいた。綾音みずからも「いいひと」とわかっていながら、では、なぜにどうしていつも捨てるのだろう。どうしようもない男と浮気をしては、婚約者とは破局を迎えるといったことばかりをくりかえす綾音は、蝶子の男を見る目のなさを嗤《わら》うことはできないはずだった。

そんなことを考えてグラスを手につい黙りこくってしまった蝶子にはかまわず、他の三人のおしゃべりは盛りあがっていた。

やがて真咲が叫ぶような声をあげた。

「えーッ、じゃあ、私のあとにつづいて遠望子さんがここをでたのは、恋愛がらみだったってこと？」

遠望子が困惑気味に答えた。

「いや、恋愛がらみっていうほど大げさなもんじゃなくて、ひとり暮しをすれば、何かが解決するのかと。いや、解決じゃなくて、あの場合は進展。だってね、いまから思うと、まったく私の一方的な片想いなわけ。相手は妻子持ちだったしね」

蝶子も身をのりだした。

「へえ、そういう事情があったの？」

「いや、だから、私もあせってたんだ。三十もなかばになろうとしてるのに恋人もいない。きょうだいたちは、妹も弟も、みんな結婚してるのに、残ってるのは、五人きょうだいのまんなかの私だけ。で、ここでも、私より十歳も若い真咲ちゃんが結婚してでていったでしょう。私、とり残されてる気分だった」

綾音が最後のことばにむっとしたように言い返した。

「とり残されるって、私や蝶子さんがいたじゃない」

「ううん、違うの。あなたたちふたりと私とでは、同じ土俵には立ってないもの。綾音さんはじっとしていても男たちがほっとかないタイプだし、蝶子さんはこの家の大家さん。まったく何もない私とは違うもの。以前の私って、いまよりもっともっとひがみっぽかったしね」

そうじゃない、と自分もふくめてだれも否定しないので、蝶子はあわてて遠望子をうながした。

「それでひとり暮しをして、恋愛のほうはどうなったの？」

「進展なし。相手は私のこと、なんとも想ってないのがはっきりしただけ」

「そのあとは？」

「子供をひとりうんだ」

さらりと言い放たれただけに、そのフレーズが三人の耳にしっかりととどくまで、やしばらくの間《ま》があった。

衝撃の数秒間のあと、三人はいっせいに、そして思い思いに声を張りあげていた。

「子供って、遠望子さんの？」

「父親はその片想いの相手？」

「そんな大事なこと、なんで先に言わないのッ」

三人のいっときの興奮がおさまるのを待って、遠望子は話しはじめた。


相手は片想いの相手じゃないの。職場の上司。私が長年勤めている総合病院の、私と同じ事務職の。もちろん奥さんがいる。

彼は私よりうんと年上で、あと数年で定年になるんじゃないかな。私との内緒のいざこざがあったあと、彼は同じ系列の別の病院に、自分から希望して移っちゃったから、そのへんのこと、よく知らない。

私のどこがいいんだか、ずっと娘みたいに可愛がってくれてたの。私としては、そんなふうに目をかけてくれるひとって、これまで家族にもまわりにもいなかったんで、もう、それだけで彼になついてた。まったくの色恋抜きの関係で、私たちが親子みたいにうまがあうのは、職場のひとたち全員の知るところで、うしろめたさなんてひとつもなかったんだ。

なのにさ、忘年会の二次会か三次会のあと、彼、うちにきちゃった。それには前段階があって、私がこのトシでひとり暮しをはじめたってことが飲み会でちょっとした話のたねになってたのよね。ほら、いまも言ったようにここをでて別のアパートに住んでからのこと。で、どんな所に住んでるんだってことになって、彼がタクシーで私を送りがてら見にきたの。ほら、そういう酔った勢いのノリってあるじゃない。ほとんど、それ。おたがい下心なんてなかった。

どうしてそういう雰囲気になったのか、私、いまでもよくわからない。一回。セックスしたのは、その夜一回きり。おたがいにばつが悪くてさ、こんなことはこれでおしまいにしよう、事故みたいなものと考えようって言いあったぐらい。

ところが、そのたった一回で妊娠してしまった。妊娠検査薬で何回尿をチェックしてみても、結果は陽性。落ちこんだな、私。こんなことってあり？　って気持。

彼に打ちあけたら、むこうもびっくりしてた。彼、奥さんとのあいだに子供ができなかったんだって。それと、トシがトシなものだから、もうあんまり精力的な勢いがなくなって、私とセックスできて、しかも射精までいったのは、ほとんど奇跡的だったんだって。

私、うむつもりで彼に打ちあけたわけじゃない。どうしたらいいのか、困りはてて、その気持を言えるのは彼しかいなかった。

彼、うんでくれって言ったの。奥さんにも事情を説明して、子供を認知するとか、奥さんがOKしてくれたら離婚して、私と一緒になろうとか、とにかく話は子供をうむ方向ばっかりにいくのよね。

そのうち私も思ったな。この機会をのがしたら、もしかすると、もう子供をうむチャンスはないかもしれないって。三十五になってたからね。そういう年齢的なこともあるけど、私の場合、だいたいが男のひととの出会いにめぐまれない。ろくでもない行きずりの男の子供なんてうみたくもないし、そうなると、気心の知れた、人柄だって悪くない上司の子供なら安心というか、遺伝子的に不安は少なくてすむよね。

でも、なかなかふんぎりはつかなかった。中絶するなら八週目から十週目ってものの本に書いてあったのをめどにして、どっちにしろ、それまでに決めよう、と。

彼のほうは、もうほとんど奥さんと別れて、私と結婚して、子供を育ててっていう思いこみでいるから、奥さんともかなりもめてた。お茶とか書道を長年やってて、ひとに教えるぐらいのキャリアのある奥さんで、彼のご自慢でもあったのよ。私もよく話を聞かされていたしね。

彼は、はっきりとは言わなかったけど、奥さんはショックで、心のバランスをくずして、病院にも通ってたみたいなんだ。

別に善《い》いひとぶるんじゃないけど、それを知ったとき、私、ほんとに自分がいやになっちゃったよ。彼のこと好きでもなんでもなかったし、そうなってからも、やっぱり愛とか恋の気持にはならない。恋愛感情はゼロ。きっと彼だってそうだったと思うな。ただ男としての責任感とか、持ったことのない子供への夢とかが、彼をこっちに引っぱっているだけで、彼が愛してるのは奥さん。

私、もう迷いに迷っちゃってさ、こっそりいちばん上の姉に相談にいった。ここが私のずるいとこで、半分は姉に子育てを手伝ってもらえないだろうかって期待があったの。というのも、姉夫婦の息子はもう大学生で、姉は専業主婦。ほら、ひと口にシングルマザーったって、金銭的にも時間的にも身体的にも大変なのは目に見えてるから。

意外にも姉は大乗り気。ほんとに意外だった。世間体を気にするか、まったく気にしないマイペースになるか、専業主婦ってひとたちもさまざまなんだねえ。

姉は言うわけ。

うちのボク（息子）の子育ては、正直言って満足度四〇％だ。でもボクの子育ての反省をふまえて、それに自分たち夫婦もあのころほど若くはなくて、それなりに人生を見る目も浮わつかなくなっているから、もう一度、子育てにチャレンジしてみたい。せめて満足度五〇％をめざしたいって。

おかしいでしょ。でも大まじめにそう言ったの……。

職場にはバレなかった。だって、ほら、私、すぐに太る体質だし、体の線のはっきりしない服ばっかり着てたから十分にごまかせた。

娘はいま五歳。万里花《まりか》っていう名前。

私たち母娘、姉夫婦の一軒家に同居してるの。姉のことは「おかあさん」で、私は「ママ」。うみの親は私で、育ててくれるのは姉ってことも赤ちゃんのころから言ってある。

ひとつだけ娘には大うそをついている。

「万里花には、どうしてもママのところにうまれてきてほしくて、それで万里花をうんだの。きてくれて、ママはとってもうれしい」って、ずっと言いつづけてるの。姉夫婦や甥《おい》っ子も私の話にあわせて、そうだ、そうだってあいづちを打ってくれるし、これは私が一生つきつづけなくてはならないうそよね。

遠望子は打ちあけ話の最後に、

「このこと、ほかのだれにも言ってないの。だから秘密にしてね。矛盾してるけど、でも、せめて、ここにいる三人には知ってもらいたかった。といっても職場の連中はうすうす気づいてるんだろうと思うよ」

と苦笑とともにしめくくった。

三人はすぐにことばを返せなかったものの、最初に口をきったのは年長者の蝶子だった。

「後悔してる？」

「ぜんぜん。いまは万里花のいない私の人生なんて想像もつかないの。姉夫婦もおんなじことを言ってる。万里花は、わが家のお姫さまなの」

そして遠望子はちょっと声をひそめた。

「あの子、うれしいことに、私にも、父親にもちっとも似てないの。つまり、美人さん。うちにはその血すじがないから、父親のほうのだれかの血すじなんだと思うな」

三人の顔に「この親ばかが」といった表情が露骨にあらわれたが、だれもそれを口にしなかった。

「でね、ここだけの話をもっと言うとさ、万里花にはね、大きくなったら綾音さんみたいになってもらうのが私の夢」

「私？」

「そう。きれいで、チャーミングで、男たちをどんどんたぶらかして、捨ててくの」

「ちょっと、遠望子さんッ」

と綾音が抗議の声を張りあげたが、遠望子は「エヘヘヘ」と笑いで応え、少しも意に介していない様子だった。

「万里花に手がかからなくなったらっていうか、お金の面で余裕がでてきたら、私、この二階の野利子さんの部屋みたいに白の籐家具やきれいなレースなんかで、自分の部屋を飾るの。それも夢。先の長い夢だけど、そう思ってるのって、それだけで幸せだし」

壁の時計は午前一時になるところだった。

遠望子と真咲が帰ったリビングのテーブルに並んでつき、蝶子と綾音は、キッチンの片づけをおえたあとの缶ビールを、それぞれ手にしていた。

正面はベランダのガラス戸で、レースのカーテンのすきまから夜空が見えた。

十月だった。

黄色味の濃い月が相変らずかかっていた。

「ようやっと四人が集まれたね、七年ぶりに」

やや疲れをにじませてそう言ったあと、綾音はたずねた。

「どう？　感想は」

「……とにかく遠望子さんの話にはびっくりした。でも時間がたつにつれ、彼女が幸せなのがわかったから、あとはもう何も言うことないじゃない。私たちギャラリーとしては」

「うん。彼女、いい顔してた。前よりきれいになったもの」

「帰り際、真咲ちゃんが、ここの部屋がひとつあいてるなら、また住みたいようなこと言ってたけど」

「だめよ」

綾音は即座にそう答えた。

「可愛い子には旅をさせろ、のたとえもあるでしょ。ここに住んだら、あの子、何かにつけて甘えちゃって、ひととして半人前になっちゃう」

「でも真咲ちゃんだってもう三十一よ」

「いえ、だめなの、だめ。それともあの子を、私とか蝶子さんみたいにさせたいの？」

「………」

「でしょう？　きょうだって、蝶子さん、海苔巻きをあの子に持たせて帰した」

「いけない？」

「残ったら、あしたとあさっての土・日にかけて、ゆっくり楽しもうって思ってたのに。遠望子さんにもあげたでしょ。なのに、私のことは忘れてて、一本も残ってないじゃないの」

どうやら綾音は本気で腹を立てているみたいな高ぶった口ぶりだった。

「わかった、わかった。かわりに何かおいしいものこしらえてあげるから」

「……それからね、遠望子さんがこの家のこと、バタフライ・アパートって言ってたのよね、さっき」

「へえ？」

「そんな看板どこにもかけてないじゃないの。しかも、よりにもよって蝶子さんだからバタフライなんて短絡的すぎる。昔から遠望子さん、ここのこと、勝手にそう呼んでるのよ。その言い方、好きじゃないの、私は」

「知らなかった、バタフライ・アパートとは」

「昔、私と真咲ちゃんで決めたのよ、桜ハウス」

「桜ハウス？」

　これも蝶子は初耳だった。いや、かつて聞かされたことはあるのかもしれないけれど、どうでもいいことだと忘れてしまったのかもしれなかった。放念する、とか、失念する、とか、そうしたことが蝶子には多々あるのだ。

「なぜ桜ハウスなの？」

「なんとなく。イメージ的にきれいだし、女だけの住いって感じがして」

「ふうん」

「どう？」

「いいんじゃない……」

なかば上の空でそう返答しつつ、蝶子は、なぜか肩の荷がおりた、ほっとする気持を味わっていた。

　四人一緒に再会したい、とずっと思いつづけ、それができなかったこの七年間、やり残したことがあるような気がしてならなかったのである。

喧嘩別れしたとかの、気まずい理由から四人そろって再会できなかったのではなかった。

ただ四人それぞれが、過去をなつかしむという、そういう時期の訪れが必要だった。その年月は短すぎても長すぎても実現しない。おそらく、ちょうどいまなのだろう。自分たち四人にとっては。

ベランダから見える黄色味の濃い月を、これにそっくりな色の月を、どこかで見たことがあるけれど、いつ、どこでだったか、蝶子はいくら記憶をたどっても思い出せなかった。

雨やどり

市役所勤めの蝶子が、一日の仕事をおえて帰宅したのは七時少し前だった。

二月も中旬にさしかかったその日は、朝から湿度も気温も高い天気だった。春の訪れを間近に感じさせる、むっとするような湿度の高さは、しかし、夕方になると雨に変っていた。しとしと音もなく降りしきる、いかにも春めいた小糠雨《こぬかあめ》だ。

蝶子は、帰宅ラッシュで混みあう電車を最寄《もよ》り駅でおりると、駅の正面のスーパーマーケットに立ち寄った。

傘をさしているのだから買いものはあすにまわしたいところだが、そうもいかない。金曜日のスペシャル・メニューとして売られる惣菜《そうざい》売り場のコロッケは、週のうち、きょうしか手に入らないからである。ジャガイモとヒキ肉、タマネギの割りあいが絶妙な味のバランスをかもしだしているそのコロッケは、通常のとくらべると、いくらか値が張るものの、蝶子の舌の好みとぴたりとあっていた。毎週買って食べても、食べあきるということがなかった。

それが三ヵ月つづいている。

金曜日ごとにコロッケ三個を買う。

コロッケの衣の厚さとか、そこに吸いこんでいる油の量から推測するに、かなり高カロリーのコロッケで、だから蝶子は、週に一回、このコロッケ三個をじっくりと楽しんで食べるために、残り六日間は、できるだけ油分の少ない食事を心がけていた。

太りすぎでもなく、やせすぎでもない体型であり体重だった。二十代のころから、ずっとそれを維持している。年に一度の職場の健康診断でも、どこも悪いところはない。血圧も血糖値も正常である。

しかし、職場の先輩女性たちの話によると、年齢とともに、特に更年期にさしかかるあたりから、太りやすく、かつ、やせにくい体質に変りがちで、それにつれて体のあちこちに支障が生じやすくなるのだという。

言うまでもなく、蝶子としては、いまの体型も体重も、このままキープしていたい。体型の変化は、健康面の不安もさることながら、手持ちの服が着られなくなるといった不経済さにもつながる。服どころか、ブラジャーなどの下着のサイズもあわなくなったりもする。

だから週に一回の高カロリーのコロッケ三個を心ゆくまで堪能《たんのう》するために、あとの六日間は、つとめて油分抜きの節食に励むのだった。

ある特定の食べものにハマるのは、今回がはじめてではなかった。

数年前の冬には、行きつけのコンビニのレジ横のガラスケースのなかで、ほかほかに蒸されている中華まんじゅうに夢中になった。

二年前の夏には、勤務先の市役所そばにオープンした小さなイタリア料理店の、天使の髪だか巻毛だかいう名前の極細のパスタに、ほとんど中毒化してしまった日々もあったのだ。昼ごはんにそのパスタを食べ、数時間後の夜ごはんにも、やはりそれを食べずにいられないといった狂おしい体験もしている。

パスタの魔力からどうにかのがれられたのは、その料理店が経営不振で、オープンからわずか三ヵ月で閉店してしまったためである。けれど、その店が閉店の憂《う》き目にあわずにいたなら、いまごろ自分の体型と体重はどうなっていただろうかと思うと、蝶子は、イタリア料理店のスタッフに申し訳ないと心のなかで詫《わ》びながらも、ほっとする気持も、正直なところあるのだった。

中華まんのワナから脱出できたのは、皮肉にもむちゃ食いの結果である。

中華まんの種類は六タイプあり、肉まん特大、肉まん並、あんまん、ごまあんまん、カレーまん、チキンカレーまんと充実したメニューで、蝶子はそれらのどれも大好きだった。毎回買うたびに、どれにしようかと困るほどに迷ってしまう。一食につき二個が蝶子の胃の許容量《キャパシティ》で、とても三個は食べきれなかった。

ところが、ある晩、残業帰りの腹ぺこ状態で駅前のコンビニに寄り、六タイプ全部の中華まんを一気に買い求めた。胃だけでなく、目も、脳の満腹中枢も飢えにがっついていた。

ほかほかの中華まんを入れた袋をさげ、小走りになって帰宅した蝶子は、玄関先で靴もコートもぬがないうちから中華まんにかぶりついたのだ。まだ熱々のそれを、ハクハクハクと唇にやけどをしないよう注意しつつ、わずか数口でたいらげた。すかさず二個目をつかみとる。それも、またたくまに食べつくし、そのころにはキッチンの冷蔵庫前にたどりついていたため、冷蔵庫のなかから牛乳をとりだして、やはり、ごくごくと音を立てて飲みほし、喉《のど》のつまりを押し流した。牛乳パックを冷蔵庫にもどすときには、すでに左手に三個目の中華まんを握りしめ、しかし、それもあっというまに手から消えていた。もちろん、蝶子の胃へと移動したのである。

かくして六個の中華まんは見事なほどの短時間で、あとかたもなく姿を消した。

そして三十分後、蝶子は胸のむかつきに、テレビの画面を注視することもできないくらいに苦しんでいた。

さらに二十分後、いったん胃におさめられた六個の中華まんは、ことごとくトイレの便器のなかに吐きだされていたのだった……。

この中華まんをむちゃ食いして吐いたことは、同居している綾音には打ちあけなかった。

シングルマザーとなり、たいがいのことには動じないもともとの性格が、いっそうどっしりしたものに強化されている遠望子なら、過去の笑い話として聞いてくれるだろうと思いつつも、やはり、できればかくしていたい気持が働いて、いまだにしゃべってはいない。

十五下の、妹分というより娘分のような感じで蝶子が見守っている真咲には、なおのこと言えなかった。

中華まんのむちゃ食いの件だけでなく、ときどき何かに取り憑《つ》かれたかのように、ある食べものにハマってしまう自分の一面は、自分以外のだれにも知られたくない。十代の若者ならまだしも、四十代なかばにもなって自分の食欲をコントロールできないのは、どう考えても恥かしいことだった。

また、こうした性癖を打ちあけたなら、他の三人から返ってくる答えも予測できた。

「食べものにハマるぐらいなら、いっそのこと男のひとにハマったら？」

けれど中華まんの一件以上に、蝶子が口にだして言いたくないのは、

（もうあんまり男性には興味がない。男性より、おいしいもののほうがずっと関心があり、夢中になれる）

という本心だった。

二、三十年も昔なら、四十六の女がこんなふうに心情を告白しても、まわりのだれも気にもとめず、だいたいが聞いてもいなかっただろう。なぜなら、そんなことは、あたりまえの話だからだ。女四十六歳にもなれば色恋から遠のくのは当然で、四十六にもなってなおも色恋に血道《ちみち》をあげるほうがふつうではない、どうかしている、よもや色情狂か？　と思われたそういう世の風潮だったはずである。

ところが日本人の平均寿命が八十歳をこえた高齢化社会のいま、いつまでも、はてしなく若い気分でいることが美徳とされているらしい。

まだ四十代もなかばでしかないのに、恋愛はもういりません、などと宣言するのは、人生に対するポジティブさを欠いた姿勢、と非難されがちなご時世なのだ。

いつまでも女（男）の現役。

何歳になろうとも、いつだって恋愛ＯＫ。

恋をして、ときめいてこそ、ステキな中高年。

こういった人生スローガンがさまざまな場所やメディアで連呼されているものの、蝶子個人としてはちっとも実感がなかった。同世代のひとが恋愛にうつつを抜かしているのをこの目で見ても、少しもうらやましくは思わない。ねたみ、ひがみの気持もわいてこない。「お好きにどうぞ」というのが正直な感想で、それ以上でもそれ以下でもないのだ。

そもそも蝶子は、恋愛については、若いころからヘソまがりというか、シニカルなところがあった。何人かの男性たちとつきあいもしたし、なかには本気で結婚したいと望んだ相手もいたし、恋愛のかずも、まあ、現代の蝶子の世代の平均的な回数をこなしてきたといえるだろう。

しかし、つねにどこか一点醒《さ》めているのが蝶子という人間だった。恋は熱病みたいなもの、バランスを失ったある種の心の病い、それも偏執狂じみた思いこみの激しいビョーキ、といった見方が十代の時分から蝶子にはあって、恋に夢中になり相手に溺《おぼ》れているときでさえ、溺れている自分がしっかりと見えていて、女友だちにそういう自分のアホさかげんを冷笑、苦笑まじりに語り、かえって驚かれたりした。

そういう蝶子でさえも、かつては本気で恋をしたこともあったのだ。このひと以外はいない、と真剣に思いつめた相手も、ずっと思い出してもふたりはいる。そこが恋というものの不可思議なところなのだろう。

とはいえ、ここ七、八年は、まったくといっていいぐらい男っけはなく、そのことに淋《さび》しさも引けめも感じていない蝶子だった。むしろ、恋にふりまわされ、自分が自分でないような状態におちいるより、いつでも、どこでも心が安定していられるよさも、けっして負けおしみではなくあるのだ。

そして四十六歳の現在、女心をときめかせて、とろけさすのは、ひたすらおいしいものであり、中華まんだったり極細パスタだったり、そして、最近の三ヵ月は金曜限定販売のコロッケなのである。のめりこむ食べものに統一性がないのも、蝶子の男の好みに統一性がなかったのと、共通していなくもなかった。

二月のその晩、揚げたてのコロッケ三個とついでに買った野菜や豆腐を入れたスーパーのビニール袋を手に、蝶子は家路をいそいだ。早く帰宅して、まだ熱々のコロッケを、ゆっくりじっくり味わうのだと思っただけで、口中にあふれる唾液《だえき》とともに、つかのまの幸福感が胸をぬくませてくる。もちろん、ごくごく小さな小さな幸福だ。こういう、ささやかな満足感で十分に人生はやっていけるとしみじみ実感したのは、いったい、いつだったろうか。十年にはなっていない。が、五年は確実にすぎた。

コロッケと一緒に飲むのはあっさりと緑茶にしようか。それとも紙パック入りのコーンポタージュがあったはずだから、あれを電子レンジで温めて、スープのこっくりとした濃厚な味と、コロッケの、けっして淡白とは言えない味覚を二重三重にからめて食べるのも、たまにはいい。

いや、待てよ。きのう買った食パンが残っていた。あれでコロッケ・サンドにしてみてはどうだろう。パンにバターをぬりつけ、コロッケをウスターソースか中濃ソースにいったん浸してからパンにはさむ。この食べ方は、昔、女四人が暮していた時分、いちばん若かった真咲がこしらえてくれたという思い出があった。「私、料理なんてできなくて、できるのは、これくらい。子供のころ、うちの母がよくつくってくれたの。ほら、うち、そんなにお金のあるうちじゃなかったから」。恥かしそうに、そう言っていた二十一歳の真咲を、蝶子は十年後のいま、当時いだいたのと変らないいじらしさと愛《いと》おしさで振り返った。心をぬくませる、人生のささやかな満足感のひとつには、こうした思い出もある。

職場の市役所をでたときは、しとしととした小糠雨だったのが、ふと気がつくと、ほとんどどしゃぶりに近い雨に変っていた。

コロッケの食べ方をあれこれ考えるのに没頭し、雨脚《あまあし》の勢いの変化にまで気がまわらなかった蝶子は、さしていた傘をしっかりと持ち直し、あわてて歩調をはやめた。

やがて自宅前に帰りつき、玄関口に進むと、蝶子の姿を認めたセンサーが始動して、玄関ドアの真上の外灯にあかりが入った。

そのとたん、玄関わきから人影がぬっとあらわれ、思わず蝶子は悲鳴をあげた。

「ふぎゃあ――ッ」

「あ、あ、あ、あ……すみません」

おろおろとうろたえた男の声には聞きおぼえがあった。

悲鳴を放ったものの、数秒後には、すかさず蝶子に気丈さがまいもどる。

「だれッ？　だれなのッ」

「ああ、すみません。ほんとに、すみません、すみません。ぼくです、蝶子さん。美山《みやま》です、綾音さんの……」

「美山さんって、あの美山さん？」

「はい。あの美山です。ごめんなさい。びっくりさせるつもりはなかったのに。だいじょうぶですか、蝶子さん」

美山は綾音の婚約者である。ふたりは同い年の三十六歳、昨年の秋に婚約した。

「ああ、驚いた」

と言いつつ、蝶子は深呼吸をくりかえし、バッグから玄関の鍵をとりだしてドアにさしこむ。横目で美山のほうを見ると、バックパックを背中に、傘はさしていたらしいものの、セーターもズボンもじっとりと水分を吸いとって、重たげによれていた。七三に分けている髪もそれとわかるほどにしめり、海藻のように額にはりついている。

「綾ちゃん、家にいないの？」

「のようです」

「きょうくるって約束してたんでしょ？」

「いえ。ぼくが勝手にきたもので」

「スペア・キーはもらってないの」

「はい……っていうか、一回はもらったんですけど、正月明けぐらいに、ちょっと返してほしいって」

「ちょっと返してほしいって、どういうこと？」

「さあ。あんまり深く考えませんでした、ぼく」

そういう場合は深く考えてみるものだろうが、と蝶子は内心で美山につっこみを入れつつ、ちらりと彼を振り返り、家のなかに入った。

靴をぬぎ、ワラジ虫形のグレーのフェルト製の室内ばきにはきかえ、キッチンのあるリビングにむかう。歩きながら、さげていたスーパーのビニール袋を胸のところに持ちかえてみると、揚げたてだったはずのコロッケ三個はやや冷えてきているようで、蝶子はあせった。せっかくの熱々のコロッケのおいしさが台なしになってしまうではないか。

美山をその場に残して寝室にかけこみ、そこでコロッケを立ち食いする手も思わないではなかったけれど、さすがに気が引けた。その反対に彼にきいていた。

「美山さん、ごはん食べた？」

「ごはん？　昼めしは食べたけど」

「夜ごはんのことよ」

「あ、それはまだです。夕方の四時から、ここの玄関前で綾ちゃんを待ってたので」

「四時って……いまは七時すぎよ。っていうことは三時間も待ってたわけ？　この雨のなか」

「それじゃあ、ストーカーじゃないですか、ぼく。いえね、もうじき綾ちゃんが帰ってくるか、あと十分したら、もうあと十分したらって、軒先で雨やどりしてたら、いつのまにかこんな時間になっちゃっただけのことなんです。ほんとですよ」

「まあ、いいわ。それよか、美山さん、おなかすいてない？」

「ぺこぺこですね、そう言われてみると」

「私もぺっこぺこ。ごはん、一緒に食べよ。ただし、ろくなおかずはないけどね」

「いや、そんなこと。ごはんにしょうゆをかけただけでも、おいしく食べられるってタイプですから、ぼく」

蝶子はふだんから炊いたごはんは茶碗一杯分ずつに分けてラップにくるんで冷凍しておく習慣で、だから、あとは電子レンジで解凍するだけでよかった。

買ってきたコロッケ三個は、二枚の皿に一個半ずつ切り分け、冷蔵庫のなかの野菜室にあったキャベツとトマトを切って添えた。また最近、凝《こ》っている豚肉の簡単な塩づけを使って、長ネギや生シイタケと炒めたのも、フライパンで手早くこしらえた。これらすべてをテーブルに並べるのに十五分とかからなかった。

「さ、できた。美山さん、食べよう」

蝶子がキッチンに立っていたあいだ、テーブルについて文庫本をひろげていた美山が、ほっとした笑顔を見せた。雨にぬれて額にはりついていた髪が、いつのまにか乾いて、草みたいに額にふりかかっていた。

「あ、いけない。ドライヤーを貸してあげればよかったね。服はどう？　乾いた？」

「心配いりません。平気です。こう見えても、二十代の一時期、登山に熱中したことがあって、だから雨にぬれたり、風に吹かれたり、泥水に両足入れたりするぐらい、意外となんともないんです、ぼく」

「へえ、見かけによらずワイルドなんだ、きみは」

むかいあってテーブルについた美山は、顔を輝かせ、声を弾ませた。

「すごいな。あっというまに、これだけのものをつくってしまうなんて」

「味は保証できないけど」

「そうですか」と言いつつ美山は豚肉と野菜の炒めものを箸でつまみあげ、口にほうりこんだ。

「いやあ、おいしいですよ、これ……いや、ほんとに……」

と口を動かしていたかと思うと、さらにいちだんと目をきらめかせた。

「この肉、なんなんですか、このうまさは、この塩かげんの絶妙さ……」

手放しでほめられて、もちろん蝶子は気をよくしていた。考えてみると、男性を相手に手料理をふるまうことなど、かれこれ七、八年ぶりではなかろうか。綾音や真咲たちにごはんをこしらえてやるのはあたりまえすぎて、いちいち記憶にもとめていなかった。

美山の感心と驚きはつづいていた。

「蝶子さん、これ、なんていう料理ですか、この炒めもの」

「塩豚《しおぶた》。といっても私が考えたのじゃなくて、雑誌にのっていたのをためしてみただけ。豚のロースのかたまりに塩をすりこんでラップできっちり包み、冷蔵庫に二、三日入れとくだけ。食べるときに、そのぶんだけスライスして使うの」

「調味料は塩だけですか」

「そう。できれば少し上等の塩を使うと、塩のうまみも肉にしみこむみたいね。それと塩をすりこむ前に、肉の表面の水っけをよくふいておくこと」

「ふうん。なるほどなあ……あ、このコロッケもイケますね」

「でしょう？　これは私の手づくりじゃないけど。いま私がいちばんハマってるのが、このコロッケ。金曜日だけの限定販売でね」

「どれもこれも、全部おいしいなあ」

「っていうより、美山さんの味の好みと私の好みとが似かよっているのかも」

「かもしれませんけど、でも、うまい。この塩豚もコロッケも、ごはんの炊き加減も」

「ごはんも口にあってる？　それ、冷凍してたのを電子レンジでチンしただけよ」

「でも、このやわらかさ加減って、ぼくの好みにぴったりだなあ」

しばらくふたりは食べることにかかりっきりとなり、会話はとぎれた。

蝶子は目の前の美山の存在を忘れてコロッケにかぶりつき、一週間ぶりに再会したサクサクした衣と、ジャガイモのなめらかな食感に、うっとりと目を細めた。そして、ゆっくり、じっくり味わって食べていたはずなのに、われに返ると皿のなかの一個半のコロッケは、もうなくなっていた。

仕方なく今度は塩豚と野菜の炒めものに箸をすすませた。味見はしていたものの、それは思っていた以上の出来に仕上がっていて、自分でこしらえたにもかかわらず、気がつくと蝶子は夢中になって口に運んでいた。最近は、勤め先の一連の仕事をふくめて夢中になるようなことはほとんどといってなく、唯一の例外が、こうして食べることだった。

先に食事をおえ、緑茶の入った湯呑《ゆの》みのふたをとりかけた美山がはっとしたように両手を膝《ひざ》にもどし、椅子の上で背すじをのばすと、あらためて蝶子に礼を言った。

「ごちそうさまでした。ほんとにおいしかったです。助かりました」

礼儀正しい青年だった。

綾音にはじめて彼を紹介された日に感じたその印象は、きょうまでそこなわれることなくつづいていた。

美山は、食品メーカーの、商品開発研究所に勤めるサラリーマン研究者のひとりで、綾音がその会社に派遣社員として出向していたときに知りあったという。

　研究者、と聞いた瞬間に思い描くイメージそのままで、実直、まじめな性格に、垢抜《あかぬ》けない野暮ったい外見が組みあわさっている美山は、しかし、融通のきかない頑固で四角四面な性分ではなく、ユーモアを解する柔和で温厚なところのある人物だった。

　蝶子のみならず、遠望子も真咲も、初対面のときから美山に好感を持った。綾音の母の野利子も、美山の人柄を「申し分のない方」と評する一方で、「問題を起こすとすれば、それはまちがいなくうちの娘、綾音のほう」と言ってのけたものだ。

　食事をおえ、湯気の立つ湯呑みを口に運んでいる美山そっちのけで、蝶子は、塩豚と野菜の炒めものにかかりっきりになっていた。

　ひとりの食事よりだれかとおしゃべりしながらの食事はおいしい、などと巷《ちまた》では言われているらしいけれど、それは違う、少なくとも自分には当てはまらないと、つねづね蝶子は思っていた。

　おいしいものは、ひとり黙々と味覚を集中させて食べてこそおいしいのであって、ぺちゃくちゃしゃべりながらでは、そのおいしさがわからないというのが、ついにたどりついた蝶子の見解だった。

　何回か苦い試行錯誤をかさねて、蝶子はいまでは食事はひとりか、もしくは、しゃべらなくても気づまりも失礼もない相手にかぎるといった結論に達していた。大勢のグループのなかの一員というのも楽でいい。ほっておかれるからだ。味覚に集中できる。

それからすると、男性とふたりきりの食事といった状況は、最悪のシチュエーションではあるけれど、美山は綾音の彼氏、とはっきりとしたくくりがあるため、そこに蝶子の動揺や気まずさや気取りなどが入りこむ余地はない。

塩豚と野菜の炒めものをたいらげ、しめくくりに昆布の佃煮《つくだに》で残りのごはんを食べ、ごちそうさま、と小さくつぶやいて、茶碗と箸をテーブルにもどし、湯吞みに手をのばすと、美山の笑いをふくんだまなざしとぶつかった。

「ん?」

「いや、蝶子さんはほんとにうまそうに食べるなって、感心して見てました、ぼく」

「いまの私には食べること以外に熱中できるものは、ほとんどないの。だから一食ごとに全身全霊を傾けて、そこにエネルギーをそそいでるわけ」

「でも、ちっとも太ってませんよね」

「ま、ありがとう。カロリーのことを考えて、それなりにセーブはしてるからかもね。肥満は万病のもとだから、気をつけてはいるの」

「おいしいものは大好きだな、ぼくも。でも自炊まではちょっと。すぐにコンビニにいってしまう。ひとり暮しですしね」

「十年前の、あなたぐらいのトシのころの私なら、やっぱりコンビニ大好き人間だったなあ」

「へえ。どこで変化が？」

「さあ。私にもわからない。ただひとつ言えるのは、十年前の私の最大の悩みは、つねに恋愛だった。いまの私にその悩みはない」

「卒業したんですか、恋愛から」

「多分、卒業じゃないのよ、これは。いや、卒業と思いたい私と、そうは思いたくない私がいる。矛盾しているけど、どっちもほんとなの」

「……似てますね」

ぽつりと美山がつぶやいた。

「なにが？」

「蝶子さんと綾ちゃん。非常に正直、という点で、ふたりは似たもの同士だから、こうしてひとつ屋根の下で一緒に暮せるのかもしれませんね。いや、多分、そうなんだろうな」

「…………」

「綾ちゃんから聞いてますか？　ぼくたちのあいだのトラブル」

ああ、やっぱり話はこうくるのか、と蝶子は、そのうっとうしさにつかのま気持がふさいだけれど、予測していたのなら、はじめから美山にかまわなければよかったのだ。

軒先で雨やどりしていた彼を家にあげてやっても、それ以上に食事をだすとかは、しなければよかったのだ。

「あなたたちのあいだのトラブルって、どういったこと？」

と蝶子はしらばっくれて答えた。綾音からは何もかも打ちあけられてはいるけれど、美山がどこまで知っているのか見当がつかなかった。というより、以前に綾音から美山に告白した内容をことこまかく聞かされはしたのだけれど、どの程度の告白だったか、いまとなってははっきりとは思い出せない。ふたりの恋愛トラブルなど、要は他人事だった。いや、綾音と美山にかぎらず、他人の恋愛トラブルには、できるだけ首をつっこまないのが賢明、というのが日ごろからの蝶子の姿勢だった。

美山は言いにくそうに迷っている様子だったが、やがてストレートにきりだした。

「綾ちゃんに、ほかに男ができたんです。ぼくという婚約者がいながら。それできょう彼女がこの前の休日出勤の代休をとると聞いて、ぼくも会社を早退して話しあうつもりだったのが、綾ちゃんとは連絡がとれなくなって。携帯に何回かけても、かけ直してこないし、それで思いあまって、ここまできてしまいました。

これまでもそのことについて何回か話しあってきたけど、彼女は、もう少し時間がほしい、待ってほしいの一点張り。婚約を解消したいとは絶対に言わない。だもんで、ぼくも彼女が男とは手を切ってくれるだろうと信じてはいるんですが、はっきり言って、ぼくとしてもつらいんです」

「そりゃあそうよね」

と蝶子も美山の目を見るのを避けつつ、深々とうなずいた。

「男のことを打ちあけられたのは、去年のクリスマスの直前でした。正月明けには、このスペア・キーを返してくれ、と。こうなった以上は、ぼくとも一線を引いたつきあいにしたいから、だからキーを返せということらしい」

「…………」

「蝶子さんは、彼女に男ができたこと、知ってました？」

「…………」

「そうか。知ってたんですか……」

「綾ちゃんのほうから話してきたの。私が何もきかないうちに」

「そういうひとですよね、彼女って。ぼくに対しても、ぼくがなんにも気づかずに疑いもしないうちに、新しい男ができたって、いきなり言ってきた……隠しごとのできない正直なひとです。純粋とも言えるし」

美山のそのせりふから、彼が綾音に少しも愛想づかしをしていないというか、未練たっぷりなのを、蝶子は感じとった。

するとと美山はまるで蝶子の心中を読んだかのようにつけたした。

「いや、むしろ、こういう障害のある状況になって、彼女への気持が自分でもはっきりと自覚できました、ぼく。失ってはいけない女性なんだって。まちがいのひとつやふたつあるひとのほうが、ずっと人間らしくてチャーミングじゃないですか」

その夜、美山は十時ごろまで一階のリビングで読書をしたり、バックパックに入れてきたポータブルプレイヤーで音楽を聴いたりして綾音の帰宅を待っていたものの、やがてあきらめて引きあげていった。

綾音は、結局、外泊して帰らなかった。外泊は正月明けから、日を追ってひんぱんになり、美山以外の男との関係が深みにはまりつづけていることを、それは物語っていた。

綾音の昔からの悪いくせだった。

勤勉、実直で、思いやりにとんだ夫向きの男性と知りあうと、自分の美貌と魅力を武器に、手練手管《てれんてくだ》を駆使して相手を籠絡《ろうらく》し、あっというまに婚約にこぎつける。見事な早わざで、蝶子たちのようなそんじょそこらの女たちには、ちょっとまねができない。

いったん婚約したあとは、一、二ヵ月は熱々ムードがつづくのだが、破綻《はたん》なく円満なのはそのあたりまでである。

そのうち、綾音はきまって、婚約者をさしおいて、「運命のひと」だの「宿命の恋」

だのに出会い、「そこを避けて通ることはできない」ままに「禁じられた恋」に溺れ、のめりこんでいく。

しかも、その事実を、自分から婚約者に告白する。

もちろん、「禁じられた恋」の相手にも、婚約者の存在を告げる。

三角関係のごたごた、すったもんだがそこからはじまる。

蝶子の見てきたかぎりでは、もっとも苦悩するのは綾音の婚約者で、もっとも暴力的に荒れ狂うのは「禁じられた恋」の相手の男だ。

また、暴力的に荒れ狂うような、手のかかる、面倒な男ばかりとかかわるのだ、温厚な婚約者の次には。

嵐のような三角関係は、だいたい半年つづく。当事者三人が疲れはてるまでが、そのぐらいの期間なのである。

そのあいだ綾音は、男ふたりのあいだを行ったり来たりするわけだが、必ず不気味なほどにその美貌が冴えわたってくる。目が異様に深く輝き、疲れや、やつれすらも、凄《すご》味《み》ある美しさになってくるのだ。

やつれながらも、妙にギラギラと生命力をたぎらせている綾音がいる。

まるで、ふたりの男の生き血をひそかに吸いつづけているような妖艶《ようえん》な綾音をまのあたりにするたびに、蝶子は、とてもかなわないな、と感嘆してしまう。蝶子や遠望子や真咲が逆立ちしてもできそうにもない。綾音にしかできないことなのだ。

また綾音は、三角関係のまっただなかにあっても余裕というものを忘れない。そこでのごたごたを、蝶子がききもしないうちから、いちいち、ことこまかに報告してくる。眉を寄せて深刻そうに語っても、少しも深刻ではない。目にうっすらと涙をためてみせても、ちっとも哀しそうではない。「つらいのよ」といくら口ではそう言っても、ぜんぜんつらそうではない。それが綾音というひとだった。

半年ほどつづいた三角関係が終りを迎えるとき、綾音は、ふたりの男を同時にきれいさっぱりと失う。これもお決まりの結末で、ふたりの男のどちらかを選ぶとか残すとか、当面は保留しておくといったことは、まったくない。

綾音に言わせると、どちらの男も去っていった、というストーリーになるけれど、蝶子が聞いているかぎりでは、要は、綾音がふたりとも捨てていたということだった。

蝶子の持ち家の二階の間借り人となって十年、綾音が婚約と婚約解消にいたるドラマをくりひろげたのは、蝶子がおぼえているだけで五回はあった。

真咲が言うところの、「はた迷惑なほど私生活のにぎやかな女」である綾音は、しかし、その反面、さまざまな資格取得に情熱と意欲を傾ける、健康で前向きな心の持ち主であるのもまた事実だった。

美山が家の軒先で雨やどりしていた日から数日たった夜、蝶子が一日の勤めから帰ると、珍しく綾音が早ばやと帰宅していた。

しかも二階の自室にある小さなキッチンではなく、一階のリビングつづきの蝶子のキッチンにエプロン姿で立ち、ガスレンジの上の赤いホーロー鍋からは、おいしそうなカレーの香りが漂っていた。ホーロー鍋は綾音所有の、フランス製の品である。

「あ、お帰りなさい」

「ただいま……いいにおい……」

「ごめん、キッチン借りちゃった。そのかわりに蝶子さんのぶんのカレーも、炊きたてのごはんも用意しました」

「ありがと」

「言ったっけ？　もうじきうちの母がこっちにくるの」

「あら、そう。よかった。私もそろそろ野利子さんにお会いしたかったし。十二月にみんなでささやかな忘年会をして以来よね」

「私がきてほしいって電話したの。ほら、蝶子さんも知ってのとおり、いま、私、何かともめてるでしょう？　美山さんと逸平《いっぺい》さんのあいだにはさまれて」

逸平というのが、今回の愛人である。

「で、この先どうなるか、はっきりとは言えないけど、もしかすると私、婚約を破棄して、逸平さんと一緒になるかもしれないので、母にそのことを話しておこうと思うの。ま、おおよそのところは、電話で言ってあるけど、おたがいに、じかに顔見てしゃべるのとは違うから。母も直接私に会ってききたいこともあるだろうしね」

蝶子は綾音の言いぐさの半分もまともに受けとめなかった。どのフレーズも、かつて聞いたおぼえのあるせりふで、それを本気にしていたら、聞いているこっちがあとでばかをみる。とりわけ「婚約を破棄して、逸平さんと一緒になるかもしれない」の箇所は、「逸平」の部分を他の男の名前に置き換えれば、過去十年間のうちに五回同じ状況をくりかえしてきたときと、まったく変りがなかった。

ガスレンジの上にはカレーを煮こんでいる赤いホーロー鍋と並んで、やはり同じメーカーの青のホーローの小鍋が火にかけられていた。

「こっちは何？」

と言いつつ蝶子が鍋のふたをとってみると、そこにもカレーが仕込まれてあった。

「あ、それは逸平さんの所に持ってってぶんなの」

「彼に？」

「逸平さん、カレーが大好きなの。で、私の手づくりのカレーを食べさせたくって」

「あっそう。私のはついでにつくったってことね」

蝶子の皮肉など平然と聞き流し、綾音は冷蔵庫からトマトやレタス、キュウリといったサラダの材料をとりだしてきた。

「蝶子さん、サラダのドレッシングは何味がいい？　和風、中華、フレンチ、イタリアン……」

「どれでもいい。まかせる」

蝶子はキッチンをでて自分の部屋へいき、通勤着からスエットスーツのふだん着に着がえた。ぬいだスーツをハンガーにかけたり、ストッキングをランドリーボックスのなかにほうりこんだりしながら、しみじみ美山に同情せずにはいられなかった。

美山は綾音の手料理を食べたことがないはずだった。綾音の料理の腕前はそこそこのもので、蝶子たち同性を相手に、ときにはすばらしい美味を出現させたりもする。けれど、話に聞くかぎりでは綾音が婚約者のためにキッチンに立つことはなく、それはつねに愛人の前でふるまわれた。その区別を疑問に思った蝶子がたずねると、綾音もそう指摘されて、はじめて気がついた様子だった。もう何年も前の話である。

「あら、そうね。ほんとにそうだわ。なんでかしら」

つかのま小首をかしげ、夢見るようなまなざしで宙を見つめていた綾音は、そのたたずまいのまま、まるで舞台上の女優が芝居のせりふを言うように、ひとりごとめかして語った。

「そういえば、私が婚約する男のひとって、みなさん、ほんとに、まじめなしっかり者なのよね。ほっといてもだいじょうぶなタイプ。けど、運命的に出会ってしまった彼氏たちは、これまたみーんな、あぶなげなひとたちなのよ。私がしっかり面倒を見てあげなければだめになるって、しぜんとそう思わせてしまうひとたちばかり。それでこまごまと世話してしまうのね。ごはんだって、せめて一日一回は食べなきゃだめって、まるで子供に言い聞かせるようにしてないと、自分からは食べようともしない手のかかるひとたちばかり。でも、そこが、カワイイのよねえ」

「ほう？　カワイイとは。それじゃあ、婚約者たちはカワイクないの？」

「いえ、いえ。あの方たちはカワイイとは違うの。どのひともリッパな男性なの、ほんとに」

　そのとき蝶子は綾音の都合のいい言いぐさにのけぞりそうになったけれど、あとで冷静に考えてみると、綾音は正直に言っているだけかもしれなかった。

　心から尊敬できるリッパな男と、つい手をかけ世話をしたくなってしまうあぶなげな男。

　両極端ではあるものの、それはどちらも女たちが求める男性像かもしれなかった。

　もっと極端に言うなら、女たちが求めてやまない「父」としての男と「息子」としての男。

　またそれは女たちだけの願望ではなく、男たちが求める女への願望ともかさなりあいそうだった。

男たちが望む「母」のような女と「娘」のような女。

できれば、男も女も両方のタイプを手に入れたいと心の底では思い、しかし、現実には許されないことだから、その時点でどちらかのタイプを選ぶしかない。やむをえず、であり、とりあえずは、である。だから、どうしても浮気というものが生じてくる原因も、そのへんにあるのかもしれなかった。

手に入れたのと別のタイプが、人間は、ほしくなってくる。もしかすると自分には別のタイプのほうがぴったりだったのかもしれない、とつねに現実とは反対のことに心ひかれがちなのが人間というものなのだろう。

が、多くのひとびとはその欲望を我慢する。自分で自分のそれをはぐらかす。あきらめる。見ないふりをする。トラブルがいやだからだ。

我慢しないのが綾音だった。ふたつのうちのどちらか、ではなく、どっちもほしい。そして実際にそうしてしまうのだ。正直な生き方といえば確かにそのとおりだけれど、男女の三角関係において傷つく者は必ずいる……。

スーツの下に着ていた、この前買ったばかりのタートルネックの半袖のセーターにブラシをかけていると、寝室のドア一枚をへだてて綾音の母の野利子のあいさつの声がした。

「ごめんくださいませ。また数日ごやっかいになります」

　つきあいは、娘の綾音と同じく、かれこれ十年になろうとしているけれど、変らぬ礼儀正しさだった。その持ち味は綾音も受けついでいて、どれだけ打ちとけ親しくなっても、年上の蝶子に対する敬意を忘れない。それは蝶子としても悪い気分ではなかった。

「あの、お食事の用意ができたと綾音が申しておりますけれど」

　ほどなく三人は楕円形のテーブルにつき、綾音がこしらえたカレーとサラダの夕食をはじめた。

　カレーはエビやイカ、ホタテの入ったシーフードで、サラダはあっさりとしたしょうゆ風味である。どちらの出来も申し分のないもので、特に数種類のスパイスをきかせたカレーは大絶賛したいぐらいのうまさだったものの、婚約者の美山に食べさせるのではなく、愛人の逸平のため、という点がひっかかり、蝶子は素直にほめことばがでなかった。

　逸平とのことを聞いているはずの野利子もうつむきがちに黙々とスプーンを口に運び、フォークでサラダをつついていた。春を一足早く呼びこんだようなパステル調の若草色をした薄いニットのアンサンブルが、よく似合っていてすてきだった。見ているこちらまで明るい気分につつまれる。

　黙りこみがちなふたりとは反対に、綾音は新しい恋にのめりこんでいるときはつねにそうであるように、足が床から数十センチ浮遊しているみたいな、とりのぼせた表情で、ひとりで勝手にしゃべりちらしていた。

「……だからね、母や蝶子さんには評判のいい美山さんで、もちろん、私だって彼はいいひとだって心から思ってるわ。彼のすばらしさは、私にも十分すぎるほどわかってる。けど、人間それだけじゃあ、不満なの。というよりも私はだめなわけ。逸平さんは、はっきり言って、手こずる男よ。まず、だいいちに、いまは無職だし」

思わず蝶子はきき返してしまっていた。

「無職？」

「そ。いまのとこはね。ついこのあいだまで大手の居酒屋チェーン店の店長代理をしてたけど」

「店長代理って、居酒屋の？」

と、蝶子はそこでもきき返したけれど、綾音は無視した。

「ゆくゆくは彼も自分の店を持つのが夢なんだけど、あせったってろくなことがないし、それにまだ三十三歳だしね」

野利子がゆっくりと、つとめて感情をこめずに言った。

「確かにあなたより三つもお若い年下の方だけれど、でも、もう三十をすぎてるのなら、やはり、少しはあせっていただかないと」

「やめてよ、お母さまッ。そういう訳知り顔こそ、逸平さんが大きらいなもののひとつなんだから。彼には理解者が必要なの。大きくかまえて、見守ってあげるひとがねッ」

綾音の剣幕に蝶子と野利子は黙ってカレーを食べつづけた。こういう場合の綾音は、まわりが何を言っても耳を貸さない。それは、ふたりとも過去の経験上のみこんでいる。しかし、のみこんではいても、つい口をはさみたくなるのもまた事実だった。

「蝶子さんとお母さまからすれば、堅実な研究者で勤め人の美山さんのほうがよく見えるのでしょうけれど、人生、安全パイだけじゃつまらない。おだやかで、温厚な人柄で、それでなんのおもしろみがあるのかなって思っちゃうのよね」

「…………」

「それにくらべると逸平さんはめりはりのある性格で、一緒にいるだけで、なんかこう、わくわくするぐらい刺激的。カッとすると殴ったりすることもあるけど、そのあとがとんでもないくらいやさしいいし、ことばで私をイジメてくるのも、そうされてみて、けっこう、私ってそういうのって好きみたいだって発見したし。いくらか暴力的なのが、なんかこう、ぞくっとするぐらいに男っぽくて色っぽくて」

とっさに蝶子と野利子は顔を見あわせた。

アバタもエクボ、というけれど、まさしく、いまの綾音がその状態だった。

殴ったり、ことばでイジメたりする男は、それだけで危険で要注意人物だとは、もはや冷静な判断力を失っている綾音は思わないらしい。暴力的なのが男っぽい魅力といっているのも、一歩まちがえば、どれだけ手に負えない相手なのか、平常心のときの綾音なら、すぐにわかるはずなのだ。

野利子が、やはり、つとめておだやかにきいた。

「それで美山さんとのことはどうするの。一応、婚約者なわけでしょう」

「もう、お母さまったら」

と綾音は、野利子ののみこみの悪さにいらだつように声をとがらせた。

「いまの私には時間が必要なの。結論はそれからでも遅くはないはずよ。逸平さんとの出会いは、それこそ電撃的で、私自身がまだとまどっているの。それで美山さんにも正直にすべて打ちあけて、彼にも納得してもらった。だからお母さまももうちょっと気長に待っててよね」

ひと呼吸置いて、野利子が淡々と、しかし、ぐさりと胸にこたえることばを吐いた。

「綾音さん、あなたどれだけ美山さんに残酷なことをしているか、わかってるの？」

ぐさりとこたえたのは蝶子で、当の綾音は聞こえなかったような涼しい顔つきでその場をやりすごした。

食後、綾音はキッチンの後片づけを野利子に頼み、カレーの入った青いホーローの小鍋とサラダを入れた密閉容器を大きな紙袋ふたつにおさめ、タクシーを呼んで逸平の住むアパートへとでかけていった。

とり残された蝶子と野利子は、しばらく会話もなくテーブルについたまま、湯呑みの緑茶をすすりつづけた。

やがてドアと廊下をはさんだ蝶子の寝室から、オルゴールの壁時計の八時を告げるメロディが、かすかに伝わってきた。三年前の蝶子の誕生日プレゼントに、綾音がくれたものだった。

「ごめんなさいね、蝶子さん」

最初に野利子がそんなふうに沈黙を破って言った。

蝶子もすかさず笑顔で応じた。

「別に野利子さんが謝ることないじゃないですか」

「いえ、私は申し訳なく思ってます。いつもいつも娘がこの手のおさわがせをして、一緒に暮している蝶子さんにまでご迷惑をおかけして。私も、あの子が婚約すると電話で言ってくるたびに、今度こそ円満にゴールインしてほしい、もうおかしな寄り道はやめてもらいたいと願うのですけれど、いつまでたってもおさまりませんね、あの子は。まったく、もう、なんと言っていいのか」

「でも、そのつど綾ちゃんは本気なわけですから、仕方ありませんでしょう」

「あの子の言う本気と、蝶子さんや私たちの言う本気と、どこかずれてません？」

「まあ、そうかも」

「どこか遊び半分なんですよ、あの子の場合。私はそんな気がしてなりません。遊び、というか、ほら、いまふうに言うとプレイですか、あのニュアンスです」

「ＳＭプレイとかのプレイですか？」

「ええ、ええ、そういうものです。このようには言いたくありませんけれど、相手の婚約者の男性に対する疑いも、じつは、私、ありますもの」

「美山さんに？」

「いえ、美山さんにかぎらず、綾音がこれまで婚約した方全員に。みなさん、やさしすぎますよ。うちの綾音が、いったんは婚約しておきながら他の男性に走ったのなら、そんな女はごめんだって、男の方のほうから絶縁状をたたきつけてもよろしいじゃありませんか。なのに、どの方も、まるで仏さまのように寛大に、おやさしく、あの子を見守って、いつか自分のところに帰ってくるかもしれないと待っている。そうやって甘やかされて、うちの子は、さらに図にのって、こういうトラブルをくりかえす……それって、もしかすると浮気ごっこ、裏切りごっこ、三角関係ごっこ、つまりプレイしてるんじゃないかって。こんなことを親の私が考えるのって、おかしいのでしょうね、蝶子さん。いいえ、おかしいんです」

言いながら野利子は恥じ入るように顔をくもらせ、口もとをかすかにゆがめた。

「親のくせにとんでもない解釈をするると思われるでしょうけれど、私も夫も、どうにも綾音の婚約がらみのトラブルだけは理解しがたくて、あれこれ本を読んでみたり、専門の方にそれとなくご相談したりして、で、ついにプレイということばを当てはめるにいたったわけなんです」

「いえ、そう言われてみると、それって、ありうると思います。もちろん、美山さんは人柄のやさしい方なのも、実際そうなんでしょうけれど、プレイ的な要素も否定できない」

「でしょう？」

「ただ本人たちがどれだけそれを自覚してるかは疑問ですけど」

「綾音はだめでした。認めようとはしませんでした。私、電話で言ってみたのですけれど、あの子ったら、それが親が子に言うことか、みたいに怒りまくって」

「もしかすると図星だったからこそ、怒ったのかもしれませんよ、綾ちゃんは。それを母親に指摘されたので、余計に腹が立った。本人もうっすらとは感じていたからこそ」

蝶子のことばに野利子は無言で深々とうなずき返しつづけていた。複雑な顔つきだった。

いつもは一週間から十日は滞在する野利子なのに、娘の言動を間近にしているのがつらいのか、今回は、早ばやと翌日には田舎に帰っていってしまった。

一週間ほどすぎた平日の夜の早い時刻、勤め帰りの蝶子と美山は、街中の小さな居酒屋のカウンター席に並んですわっていた。夕方に彼から電話があり、その日いきなりの食事の誘いだった。

「この前、ごはんをごちそうになったお礼と思ってください。あのとき、蝶子さんとぼくの味覚は、わりと似てるような気がしたんで、だったら、ぼくがうまいと思う店の味は蝶子さんにも喜んでもらえるんじゃないかと」

居酒屋の主人は、かつてとある割烹《かっぽう》の板前長をしていたというだけあって、一品ずつ注文した料理は、どれもハズレない味だった。というより、文句なしに蝶子の好みにぴたりとあっていて空恐ろしいぐらいに相性がいい。といっても特別なメニューではなかった。煮もの、酢のもの、おひたし、卵焼きといったありふれた一皿ずつが、ていねいにつくられていて、そのていねいさが蝶子を心ゆくまで満足させた。ちょっとした、なにげない工夫なのだろうけれど、蝶子自身はこのようにはとてもつくれないといったことも、満足感につながってくる。

ふたりとも飲みものは最初にビール、二杯目からは焼酎サワーにかえたものの、蝶子は、ほとんどグラスには手をつけず、カウンターの内側から次々とだされてくる料理の品々に舌つづみを打った。美山ももっぱら食べることに専念している。

「どうです？」

と問いかけてくる美山に、

「もう、たまらないわね、このうまさ」

と答えると、美山もうれしそうに目もとに笑いじわをきざんだ。

「やっぱり、ここにお連れして正解でした。きっと気に入ってもらえるとは思ってました、ぼく」

「ほんとに美山さんと私の食べものの好みは似てるみたいね」

「だから、一緒においしいものを食べると、張りあいがありますよ。おいしいと思う点が一致して、うまさも倍加します」

美山のことばに胸のうちでまるごと賛同しつつ、蝶子は白身魚のから揚げにかぶりつき、そのうまさにうっとりと目を細めた。さくりとした食感のから揚げにはほのかにユズの香りの下味がしみこんでいて、その美味が口中にひろがり、それはほとんど官能的といっていい至福感だった。

「あのう、こういう場で不適切かもしれませんが、ぼくのこと話していいですか？　ぼくたちというか、綾ちゃんとのこと」

口いっぱいにから揚げの入っている蝶子は無言でうなずいた。何か話があるのだろうとは、午後に電話をもらったときから予測はしていたのだ。

「じつはこの前、雨やどりさせてもらっていた日は、ぼく、見栄張って、綾ちゃんに彼氏ができたこと、そんなにショックじゃないように言いましたけど、ほんとはかなりまいってたんです」

「うん。当然だと思う、まいるのは。といって平気そうにしていなければ、ぐずぐずにこわれてしまう自分がいる」

「で、きのう、逸平とかいうやつに、会いにいったんですよ、ぼく」

「へえ？」

美山の意外な度胸と大胆さに、蝶子は目を見張った。から揚げの皿にそえられていた香味《こうみ》野菜を箸につまんで口に運びかけていたのが途中でとまった。

「喧嘩するとかじゃなく、綾ちゃん抜きで、とにかく一度会って男同士で話したくて。だから綾ちゃんにも黙って彼のアパートを訪ねました」

「けっこうやるんだね、きみは」

「二十代のころ、登山やってましたから」

「ん？」

「だから、ねばり強くて、少し鈍感なところがあって、簡単にあきらめないし、引きさがらない」

「なるほど」

「その逸平ってやつですけども、正直言って、肩すかしをくらいました。っていうか、綾ちゃんはこういう男に夢中になるのかって思うと、いささか、がっかりしたというか」

「どんなひとだったの？」

「外見はひとくちで言うと不潔でしたね、何日もシャワーもあびてないような。話してみると、これまたカッコつけた浅いことばかり並べ立てる、いわばチンピラ。知性のかけらも感じさせないというか。こういう差別的な発言は、ぼくとしてはいやなんですが、実際そうなんだから仕方がない」

「不潔男のどこがよかったのかしらね、美山さんという婚約者がいながら」

「わかりません、ぼくも。しかも無職で、となると、あまりにもないないづくしの男だもんで、ぼくの理解をこえてます」

（となると体の相性がよくて、そこに溺れこんでいるのか）と蝶子の想像はそこにいきついたものの、美山の前で言えることではなかった。

「なんだかこれでふんぎりがつきました。きっと綾ちゃんには、ぼくがどうがんばっても理解できない一面があるんだろうと思います。あの逸平というやつのよさが、ぼくにはまったくわからないように」

「そんな取り柄のない男なら、そのうち綾ちゃんは飽きて、見切りをつけるような気がしないでもないけど。ほら、人間って欲張りだから、自分にいちばんぴったりのタイプが手に入ると、それとはぜんぜん正反対のタイプに目がいってしまうってこともあると思うな。もちろん、感心できる話じゃないけど」

「蝶子さんにもありました？　そういうこと」

「うん。昔々のことだけど。もともと私はスマートですらりとした体型の男がタイプのはずなのね。なのに、そういう男とつきあいだすと、きまってデブの男をじっと見つめている私がいたものよ。かといって最初からデブの男とつきあう気はさらさらないの。スマートな男を手に入れたものだから、デブの男にも目がいくってパターンだった」

「いまはどうなんです？」

「だから、この前も言ったように、もうここ何年も私が夢中になることって、おいしいものを食べることだけなの」

「ふうん。なんだか、うらやましいなあ。ぼくも早くそういう心境になりたい」

「確かに、らくな気分ではあるわね、色気が半減すると」

「ぼくは本来それほどの恋愛体質じゃないんです。以前につきあってた女性も二、三人はいましたけど、恋人なのか単なる友だちなのか、あやふやな関係で。だからふられても、ふられたって気づかないままだった。綾ちゃんとつきあうようになって、はじめに綾ちゃんのほうから結婚を前提にって言われて、その気になった。彼女のこと、まわりはすごい美人だって言うけど、ぼくはそれもあまりピンとこなかった」

「美山さんのタイプじゃなかった？」

「いえ。どっちかというと、女性のきれいさには、あまりこだわりがないほうらしくて。話があうかどうかってことのほうが大事なんですよね」

「なるほどね」

居酒屋には二時間ほどいた。

焼酎サワーにはほとんど手をつけず、だされる料理をかたっぱしからたいらげ、さらに追加注文し、蝶子にとっては大満足のひとときだった。

このあとはどこへいこう、といった話が展開されることもなく、ごくしぜんにふたりは居酒屋の前で別れた。蝶子はそのまま帰路につき、美山はふたたび研究所にもどって仕事のつづきをするという。

「じゃあ、これで」

と片手を胸の位置でひらめかせた蝶子に、美山は晴れやかな表情で笑み返した。

「またおいしい店にご案内しますからね。待っててください」


カレンダーは三月に移った。

自宅と職場を往復する決まりきった日々のなかで、蝶子に新しい食との出会いがあった。

最寄り駅そばのスーパーマーケットで見つけた発芽玄米一〇〇%のレトルトパック入りのおかゆである。

玄米は体によさそうで、けれど、炊くのに手間がかかると聞いていて敬遠していたのだが、売り場の棚に見つけ、ためしに買ってきて電子レンジで温めて食べてみると、これが百点満点のおいしさで、すっかり心を奪われたのだ。水分たっぷりのおかゆは、満腹感があるうえにダイエットにもつながるとあっては、薄着にむかいだした春の季節にぴったりの食べものともいえた。

蝶子はさっそく翌日から夜ごはんは玄米おかゆをメインに、あとは野菜中心のおかずといった献立てにふみきった。おかゆ一袋だとあまりにも物足りなく、一食につき二袋を使うことにした。おかゆをメインにするとなると、それをさらにおいしく食べる副食とかふりかけの組みあわせなど知りたくなって、書店の料理本コーナーにもせっせと足を運んだ。立ち読みでざっと目を通し、これならばと納得する一冊を、そのつど買い求め、それはすでに四冊をかぞえた。

発芽玄米おかゆに出会ったおかげで、まるまる一週間はそのことにかかりきりとなり、蝶子は久しぶりにわれを忘れて熱中した。他にたとえようもない充実感だった。それはほとんど恋に似ていた。しかし人間相手とは違って、発芽玄米おかゆは、面倒なことはいっさい持ちださず、言いだきない。安心しきって、心ゆくまでのめりこめるのだった。綾音と美山、逸平の三角関係は、その後どうなったのか、外泊つづきの綾音は何も言ってこないし、美山からもあれ以来、一度も電話がない。

渦中のまっただなかにいる当事者たちとはそういうものだろう、と蝶子はかつての自分を振り返ってそう納得し、こちらから探りを入れるようなことはしなかった。それに他人の恋愛問題は、頼まれもしないのに首をつっこんだりするとろくな結果にならないというのが蝶子の持論でもあった。よかれと思ってした助言やアドバイスが、あとになって憎まれる原因になる場合も少なくない。

三月の二週目のこの夜、蝶子は例によって発芽玄米のおかゆの夕食を、ひとりじっくりと味わっていた。たっぷり八人はすわれる楕円形のテーブルを、相変らずひとりの食事にも使っている蝶子を、ついこの前、偶然にも見て、真咲は同情に顔をゆがめるようにして「淋しくない？」ときいたけれど、そういった心境など、蝶子にはとっくに遠いものだった。だが、真咲の三十一歳という年齢を思うと、「淋しくない？」と心配顔でたずねる気持もわからなくはない蝶子だった。

おかゆのおかずには、牛肉の薄切りをショウガを加えて甘からく佃煮風に煮こんだのと、キュウリとミツバ、ワカメ、ホタテの貝柱の酢のものを並べた。どちらも、蝶子が自分の舌の好みどおりの味にこしらえた。食材の切り方ひとつにも、料理ごとによりふさわしい切り方があり、そうした細かさを言いだすときりがなくなる、といった際限のなさも、蝶子が食べることや料理に心を傾ける要素なのかもしれなかった。いつまでたっても（つかみとった、自分のものにした）という掌握感がえられないのが、その妙味なのだろう。はてしなく追い求め、追いつづけていくことが。

　おかずはほかに市販の、やわらかく肉厚な梅づけ二個、三口ほどでたいらげてしまえる冷ややっこ、煮豆などである。おかゆは木製のスプーンですくって食べる。

　手製の料理二品の出来栄えを、ひとりで反省したり検討したりしながらの食事は、頭のなかの自問自答のにぎやかさがあって、ふだんにもまして真咲の言う淋しさなど感じるひまもなかった。

　食事も終りにさしかかったころ、玄関のほうで物音がし、ほどなく綾音がリビングのドアをあけてきれいに化粧した顔をのぞかせた。

「ただいま……ああ、ごはん中ね。おじゃまかな」

「どうぞ。じき終るから」

　春らしい淡いブルーの半コートをはおり、ふわりと綾音が入ってくると、フローラル系のコロンのかおりが、ほのかに漂った。

「ええと、じゃあ、私は紅茶でもいただこうかしら。蝶子さんは？」

「私は日本茶をいれたから」

と蝶子はテーブルの上の、ふたをした湯呑みを指さした。

綾音がキッチンでポットの湯をやかんに移してわかし直したり、紅茶缶をとりだしたりするうちに、いつものペースで進んでいた蝶子の食事は終り、綾音がティーカップを持ってテーブルにもどってきたときには、蝶子も湯呑みを口に運んでいた。

綾音は華やかに化粧したきれいな顔や、そこはかとなく漂わせているコロンの芳香に似つかわしくない深々と太いため息をひとつついてテーブルについた。

「アタマにきちゃった」

「どうしたの?」

「美山さんが言ってきたのよ、私と別れるって」

「へえ」

「きのうの夜のこと。携帯で呼びだされて会ってみると、話はそれだったわけ。三人でぐずついてるより、だれかひとりが抜ければ、事は丸くおさまるのだから、自分が抜けるって。逸平くんと仲よくやってくれなんて言っちゃって、余計なお世話よ」

腹立たしくてならないといった口調だった。

「けど美山さんが身を引いてくれると、彼の言うように、これで綾ちゃんと逸平さんはだれに遠慮もなく堂々とつきあえるじゃないの」

綾音は口をとがらせた。

「そんなの、つまんないでしょうが」

「なんで？」

「こんな結末は今回がはじめてよ。で、こういう結末なんて、私は望んでないの。私をあいだに、とことん悩むのは男たちで、それを見て、私も苦しんで、ああでもない、こうでもないって両方の男たちと話しあったり、嘆いたりして、そして最後に私がどちらの男にも別れを告げる。私が身を引くの。こういうストーリーでなくちゃ」

やはり野利子の想像はあたっていたようだ。蝶子はちょっと突き放す口ぶりで言ってみた。

「そういうストーリーを前提に、男のひとたちとつきあってたの？」

「やだ、前提になんてしてるはずないでしょ。結果的にそうなってしまうだけ。蝶子さんまで、うちの母みたいなこと言わないで」

「綾ちゃん、もう自覚してもいいのじゃない。あなた、三十六よ。この十年間で、婚約しては、別のひとと出会うってストーリー、これで六回目。まあね、自分はそういう運命だと言われればそれまでだけど」

「いえ、そうなの。私、男運がよくない運命なんだと思う」

冗談で言ってるのではない綾音の表情であり、声のトーンだった。

「ふうん、男運がよくないんだ」

と蝶子も一応もっともらしく同調する。

「綾ちゃんの男運がよくないと言うなら、私なんか、はじめから男運に見放されてるも同然ね。いい、綾ちゃん、私も野利子さんと同じく、あなたにきらわれるのを覚悟で言うけど、ひとの心をもてあそぶ、あなたのやり方はまちがってる。気づいていないのなら、もう、ここで気づいてよ。こんなことをくりかえしてたら、そのうち、男に刺される。そうなってからでは遅いのよ。逸平さんって、暴力男なんでしょ。プライドをずたずたに傷つけられた男が、はずみで刺すってことも、現実にありうるのよ、綾ちゃん」

これまで蝶子から、そこまでふみこんだことばも叱責《しっせき》も受けたことのなかった綾音は、言われた内容はもとより、蝶子のきつい言動そのものがショックだったらしく、呆然《ぼうぜん》と蝶子を見つめたまま黙りこんでしまった。

「綾ちゃん、わかって。怒ってるんじゃないの。あなたが心配なの。これ以上、あなたがばかをやるのを見ていたくないってこともふくめてね」

そう言いつつ、蝶子は一瞬、良心がとがめた。まるごと綾音のために言っているのではなく、まるごと自分の本心を言っているのでもないというしろめたさが、トゲのように胸のうちに刺さっていた。

美山をいたわっていた。美山を傷つけた綾音への怒りが、そう大きくはないものの、いくらかはあった。美山が気の毒だった。かわいそうだった。あんなにもけなげで、まじめで、浮わついたところのない、実直な、いい青年ではないか。なのに、綾音は……。

しばらくの沈黙ののち、綾音はうつむきがちに神妙にきりだしてきた。

「ごめんなさい。私、よく考えてみる。そうよね、母はともかく、蝶子さんも私を身内同然に思ってくれているからこそ、いまみたいな言いにくいことまで言ってくれるのよね。それは、わかってる。わかってるんだけど、私って……私って……」

綾音の目に涙が盛りあがっていた。

こういう綾音だから、何をやろうとも、何を口走ろうとも、いつまでたっても蝶子は憎めなかった。


テーブル席四つだけの、小さなイタリア料理の店だった。蝶子の職場の同僚が友だちから教わったという店で、初回は真咲や遠望子を誘って訪れ、そのときのうまさが忘れられずにその後も二度ほどひとりできていた。

五十年配の男性シェフと、その娘がソムリエ兼フロア担当をしている店の雰囲気も気に入っていた。いくらか照明を落したシンプルで洗練されたこぢんまりとした店内は、家庭的な温かさもあって、すこぶる居心地がいい。すべてが蝶子のテイストにあっているのだろう。

綾音から美山と別れた話を聞かされてから、二週間ほどがすぎていた。

「おいしいもの食べにいかない？」

と蝶子が美山の勤め先に電話をかけたのは一昨日である。

前菜にフルーツとチーズを組みあわせた一皿、あっさりソースのパスタ、そして牛肉の煮こみ料理と食べすすんでくるあいだ、ふたりは話らしい話もせず、ひたすら「うまい」「おいしい」「たまらん」「すごい」といった料理への短い感想や感嘆を連発しあい、それで十分に会話しているような充実感につつまれていた。ふたりとも飲むのは二の次なため、ワインはグラスワインを注文し、その一杯目はまだ半分にもへっていなかった。

舌にのせるとホロリとくずれるほど煮こまれた牛肉のひと口目を食べたあと、興奮に目を輝かせて美山は、ほとんど叫ぶようにして蝶子に言った。

「なんでこんなにうまいんですか。まるで、ぼくのためにあるような店ですよ、ここは」

「でしょう？　私もはじめてきたときは、いまのきみと同じこと思っちゃった」

「ほんとに蝶子さんとぼくの味の好みは一緒ですよね。綾ちゃんは食べることに、あまり興味がないみたいだったけど」

「あら、綾ちゃんはけっこう料理上手なのよ」

「知らないな、それは。手料理なんて作らなかったし、だいたいが食べることはどうでもいいみたいな感じだったし」

「きっと恋愛だけで胸いっぱいな状態だったんでしょう。こう見えても、私も二、三十代のころは、恋をするたびに多少は痩《や》せたものよ。相手のことを想ってるだけで食欲なんてどっかにいっちゃうの」

しかし美山は話の後半は聞いているのかいないのか、あいづちも打たずにシチュー皿に顔をつっこむようにして食べることに没頭していた。皿の中味があらかた食べつくされたころあいを見計らって、蝶子は話をきりだした。

「ねえ、美山さん、綾ちゃんから聞いたわ。あなたのほうから彼女に別れ話を言ったんですってね」

「はい」

「よく決心がついたのね」

「いえ、ぼくなりに三ヵ月間いろいろと悩みました。でも、いったんほかの男に目がいってしまった彼女と、万が一いずれ関係が修復したにしても、ぼくは彼女を許せないと思ったんです。ずっと心の傷になって残り、彼女を疑いの目で見るようになる。人間ができてませんから、ぼく。浮気した自分の恋人を寛大に見守るなんてできないし、すべてを水に流してやり直そうなんて、とてもそんなうそは言えません。表面上は関係を修復したようでいて、実際は口喧嘩ばっかりしているような間柄になるのは目に見えてる。好きだから、愛してるから何もかも許せるなんて、うそだと思います、少なくともぼくにとっては」

「そう。美山さんなりに決心がついたのなら、まわりがとやかく言うことは何もない」

「ぼくが別れると言ったとき、綾ちゃん、きょとんとした顔して、その次になんて言ったと思います？　いやだって。ほかの男をつくっといて、ぼくが別れを言ったら、そんなのはいやだなんて、あまりにも虫がいい話で、笑っちゃいましたよ、ぼく。けど、正直な気持を言ったまでなのかもしれませんね、彼女は。そこが綾ちゃんのよさでもあったし」

蝶子は言おうか言うまいかと迷いつつも、口をひらいたときは言ってしまっていた。

「あのね、美山さん、男ふたりに女ひとりっていう恋愛のごたごたは、綾ちゃんのいつものパターンなの。しかも、一方の男性とは婚約までしているというのもね」

自分から綾音をふった美山の、あとになって襲ってくるかもしれない罪悪感を少しでも軽くしておいてやりたいという気持からだったけれど、それ以外にも自分で気づかない理由があったのだろうか。

「ああ……そうだったのか……」

と、美山はごくおだやかな顔つきで蝶子を見返した。

「そう言われてみると、なんとなく納得がいきました。三角関係でごたついている最《さい》中《ちゅう》でも、綾ちゃんには妙に余裕があって、これってなんだろうって、なんか不思議で仕方がなかったんですよ、ぼく」

デザートのコーヒーとアイスクリームがテーブルに運ばれてきた。

「また結婚のチャンスをのがしちゃったなあ」

美山が軽口めかして言った。

「ぼく、四歳のころにおふくろと姉を交通事故で亡くしてるんです。おふくろが運転する車に六歳の姉が乗っていて。で、おやじと二人暮しがずっとつづいていたんですけど、大学院生になった年に、おやじもぽっくり病気で死んじゃって。だから、家庭への憧れは強いほうだと思います。自分の家庭を持ちたいという。でも、ひとを愛するのが怖ろしくもあるんですよね。あるひ突然にそのひとがいなくなってしまうんじゃないかって。以前つきあっていた女性たちとも、その不安がわざわいして、うまくいかなかった。でも綾ちゃんは、そんなぼくの不安など気にせずに、どんどん近づいてきて、どんどんぼくのエリアに入りこんできて、で、結婚しようって言ってくれた。だから、ぼくもその気になれたんです。綾ちゃんの強引さが、かえってよかった……でも、結局、綾ちゃんは、だれに対しても強引だったんでしょうね、あの逸平ってやつにも。そんな気がするなあ」

美山の打ちあけ話に耳を傾けながら、彼への同情で目頭が熱くなるのを、蝶子は必死でごまかそうとした。

ただ、ただ、美山がかわいそうでならなかった。

しかし、食事をおえて店をあとにし、美山が歩きつつ、

「ぼくの部屋に寄っていきませんか」

と下心の感じられない明るい口調で誘ってきたとき、蝶子は彼を傷つけないように、笑いをにじませた声で、さりげなく断った。

「ごめんなさい、それはまたにするわ」

美山は十歳も年下だった。綾音の婚約者でもあった人物だった。

そういったことを考えると、ちょっとした感傷と出来心でくっついても、この先、うまくやっていける自信はなかった。

というより、とりあえずは一歩踏みこんでみようという意欲を、いまひとつ蝶子は持ちえなかった。若い時分なら、きっと後先も考えずにとびこんでいったに違いない状況なのに、四十六歳のいまは、何よりの原動力となるはずの、その有頂天さに欠けていた。

そして、それから数日後、買いもの帰りに立ち寄った街中のデパート地階の食品売り場で、なにげなく買い求めたミートパイの予想外の美味に、蝶子は一挙に心を奪われた。

その日からデリカＱのミートパイが頭をはなれず、一日置きに勤め帰りにそこのデパ地下にまで電車で買いにかよった。宅配はやっていないため、足を運ぶしかなかった。

三月も残り数日となった土曜日の午後、蝶子はアフタヌーン・ティーへのお誘いと称

して真咲と遠望子に声をかけ、いま一番のおすすめであるミートパイをふるまった。もちろん綾音も顔をだした。

おすすめのミートパイは、他の三人からも大絶賛され、蝶子は満足感とともに、ようやくそこで気持が落ち着いた。自分ひとりでかかえていた、ミートパイへのあふれんばかりの心のざわめきを、皆にもいくらか引き受けてもらい、そのぶんだけ心が軽くなったのだ。

ひとしきりミートパイの話題で座が盛りあがったあと、綾音がちょっともったいぶった口ぶりで言った。

「じつはみなさんにご報告があるの」

真咲と遠望子は一瞬口をつぐんだものの、意外そうでも興味しんしんといった顔つきでもなかった。その表情からするに、ふたりとも綾音から個別に事情を打ちあけられたり、相談という名目の、のろけ話を電話で一方的に聞かされていたのだろうと蝶子は察しがついた。それもまたいつもの綾音らしいやりくちだった。

「何かとおさわがせしましたけど、私、ついに美山さんと別れ、逸平さんとも別れました」

だれもコメントしなかった。その無言が間接的に綾音を非難しているような気がしたのは、蝶子だけだったろうか。十年前なら、思い思いの感想を発したり、綾音に問いかけたりしていたのに、当時より多少の分別が身についたいま、申しあわせたのでもないのに、三人はともに無言という対応をとっていた。

綾音もしばらく三人の反応をうかがって待っていたようだったけれど、やがて拍子抜けした様子で、テーブルの上から二個目のミートパイをつかみあげた。

ぽつりと遠望子がつぶやいた。

「いいひとだったね、美山さん。ほら、婚約したとき、みんなで食事会をしたじゃない。あのとき、そう思ったな、私」

「そう、いいひとだった、美山さん」

と真咲もすかさず同調する。

「美山さんだけじゃなくて」

と蝶子も綾音に言い聞かせるようにそれとなくつけ加えた。

「綾ちゃんが婚約したひとたちは、どのひともいいひとだったっていう記憶があるわ。婚約者はね」

しぶしぶといったふうに、綾音も応えた。

「それは私も認めてる……いいひとすぎて、だからきっとカワイイ悪女タイプの私とうまくいかないのよ」

二ヵ月後、蝶子のもとに美山からのはがきが届いた。春の人事異動でこの街の研究所から別の街の研究所に転勤になったことを伝える印刷されたあいさつ状だった。余白に美山の直筆の添え書きが記されていた。

「そのせつは、お世話になりました。お元気でいて下さい」

蝶子は何回となくその箇所を読み返した。文字のうしろから何かが透けて見えてこないだろうかと期待した。

美山が勤務する会社で派遣社員として働いていた綾音はとっくにそこを辞め、しばらくはジュエリーコーディネーターの資格取得のための勉強に励むとのことで、八月の試験にむけて努力をかさねていた。

男性との関係がひとつだめになるたびに、何かの資格がひとつずつふえていくのは、いつもどおりの綾音の人生だった。

来た道・行く道

電話から聞こえてきた口調は、いつもどおりの真咲らしさだった。

明るく、落ち着いていて、速すぎず、遅すぎないテンポである。語尾があいまいに先細ったり、くぐもったりしないため、その安定感が耳に快い。

これまでの勤めを辞め、母親がひとり住いをしている街に帰った真咲が元気でやっているらしいのを、ほぼ一ヵ月ぶりに確認し、蝶子はほっとした。ほっとしたついでに、携帯電話を肩にはさんだまま、さっき冷蔵庫からとりだした冷たい缶入り玉露《ぎょくろ》のプルトップを引き、音を立てずに飲む。

六月初旬の夜だった。

夕食後にテレビを観ながらひと休みし、シャワーをあび、髪をドライヤーでかわかしたあと、顔のちょっとした手入れをし、といった夜の決まりきった日課が一段落したのを見計らったようなタイミングで真咲から電話がかかってきた。

シャワー後の蝶子が身につけているのは、薄いタオル地のムームー型の白のバスローブである。胸のところに刺繍《ししゅう》の小さな花がちらばっているそれは、バスローブと称して売られていた。シャワーや入浴あとの汗ばんだ肌にはぴったりの一着で、汗がひいてパジャマに着がえるまでのつなぎとして、とても重宝だった。

「蝶子さん、ごめんなさい、連絡が遅くなって」

「そんなこと、いちいち気にすることないの。それより、お母さんの具合はどう？」

「ええ、おかげさまでここ二、三日は小康状態で、食欲も少しでてきてる。きのうなんか、いきなりウナギが食べたいって言って、私、ウナギ屋さんまで走ったのよ。といっても母が口にしたのは、ほんのひと箸かふた箸だけだったけど」

「ひと箸かふた箸でも、食べられただけよかったじゃない。それもウナギだなんて」

「まあ、それはそうだけど……」

「真咲ちゃんはどうなの？」

「どうって？」

「あんた自身の体調よ。お母さんの入院先につきっきりなんでしょう？　病院に泊らないまでも」

「看護師さんたちは〝私たちがいますからだいじょうぶですよ、そんなにびっしり付き添っていなくても〟って言ってくれるのだけど、私がだめなのね。家にひとりでいても、なんか気もそぞろで、何も手につかない。だから母のそばにいるほうが、気持的にはずっといいの」

「そう。きっとお母さんも、入院先とはいえ、そうやって真咲ちゃんがそばにぴったりついていてくれて、うれしいでしょうしね」

「……どうかなあ」

「お正月休みなんかで実家に帰ることはあっても、一ヵ月も親もとにいることはなかったんじゃないの、この十数年間は」

真咲は三十一歳、いや、じき三十二歳の誕生日を迎える。蝶子は十五年上である。

「うん……私、ずうっと自分のことばかりにかまけてて、あんまり母のこと気にしていなかったな、高校卒業と同時に実家をはなれてからは。父が死んだときも、帰っていたのは一週間ぐらいだったし」

三十一歳にして真咲は結婚と離婚の経験者だった。蝶子はそのどちらも経験せずに、いまにいたっている。

「真咲ちゃんだけでなく、みんなそうよ。二十代、三十代は自分の人生を生きるのに精一杯で、特に親はしぜんとないがしろになってしまう。そうしようというつもりがなくても、結果的にそうなっちゃうのね。私なんか、同じこの街にある実家にもう半年も行ってない。お正月にちらっと顔だしたきり。薄情な娘なの。まあ、七十代の両親が、まだいまのところ元気でやっているっていう安心感があるんだけど」

「母が今回こうなるまでのこの二、三年、私、お正月やお盆にも実家に帰っていなかったの。帰るつもりでいても、そのたびに仕事が立てこんできたり、職場の同僚が倒れてこっちの休みがキャンセルになったり。そのことを電話で母に説明して、帰れなくてごめんねって言うたびに、母も機嫌よく笑って承知してくれてたの。娘の私がいろいろとがんばっているのが、自分の励みであり楽しみであり生きがいだからって。私、いつも母のそのことばに甘えていた。自分に都合よく解釈してた……」

「真咲ちゃんだけじゃなくて、私だって同じよ。しかも、いまだにね」

「けど、私、母のトシを忘れてたのよ。七十二歳だなんて、もう、りっぱなおばあさんよね。私は母が四十のときに、もう子供はできないだろうと思っていたところに、ぽろっと授けられた子だったらしいの。兄とは十五もはなれているし、両親もそろって四十代だったからか、とにかく、かわいがられて育ったっていう記憶しかなくて。だから、どこのうちの子も私みたいにかわいがられ、大事にされて大きくなるものだって思いこんでいたわ」

「それって、すごく幸せなことね。きっと真咲ちゃんの心の財産よ」

「ふうん、財産ねえ。でも、何に役立つの？」

「決まってるじゃない、人間関係。両親に愛されて育った子は、基本的に心が荒れてないんだって話よ。だから、ひとを信じられるし、素直に自分からも相手に愛情をそそぐらしいわ」

「離婚しても?」

「それとはちょっと話が違うでしょ。でも真咲ちゃんは離婚のときだって、へんに相手の方に感情的につっかかったりせずに、冷静に話しあおうとしたって言ってたじゃない。二年半は努力してみたって」

「努力はしたつもり」

「だから、そこなのよ。その努力とか根気とかの、相手とむきあう姿勢が基本的に人間を信じている誠実さのあらわれとなっている。人間を信じないひとは、話しあいなんか、やったってむだと思ってるはずだもの」

一瞬、真咲からの反応がとだえ、電波がとぎれたのかと蝶子はいぶかしんだ。が、ほどなく聞こえてきた真咲の声は、急性の鼻炎にかかったかのように変声していた。

「やっぱり蝶子さんに電話してよかった。いつだって蝶子さんは私を励ましてくれる。いつだって……」

「真咲ちゃん、どうしたの?」

「ごめんなさい。わかってる。私、おかしいの。ずっと情緒不安定で、アップダウンが激しくて。こっちに帰って、母の世話をしているうちに、なんだか、妙にどんどん落ちこんでいって……ごめんね、こんな話して」

「いいのよ。もっと遠慮なくつづけて。私も聞きたいから」

ことばではそんなふうに真咲をいたわり、励ましたものの、蝶子は内心どぎまぎしていた。電話でのやりとりとはいえ、弱さをこれほどまでにさらけだしてきた真咲に接するのは、この十年間のつきあいのなかで、はじめてだったからだ。もちろん、小さな不平不満や、たわいない愚痴は、おたがいに言いあったりしたけれど、半泣きの、どっぷりと悲嘆にくれた様子の真咲など、一度も見たことがない。真咲も蝶子たちの前でそんな自分は見せたくないという自制心が働いていたに違いない。それは蝶子とて同じである。

しかし、今夜の真咲は、そうした自制心など吹っとんでしまったようだった。吹っとぶほどに追いつめられた状況に置かれているということだろう。

「病気で苦しんでいる母を見てるのが、もう、ほんとにつらくて、つらくて、私、どうしていいのかわからない。どうやっても、その苦しみをとりのぞいてあげられないことも、つらいの。見てるしかないのが。それとね、年老いて苦しんでいる母を目の前にしてると、元気だったころの、楽しそうに笑っている母の姿が思い出されてきて、その思い出さえも、つらくてたまらない。思い出のひとつひとつが、胸に突き刺さってくる……」

そこまで言って真咲は耐えきれなくなったようにしゃくりあげた。

「……ごめん……蝶子さん……こういうこと、蝶子さんぐらいにしか言えなくて……遠くに住んでいる兄夫婦に言っても……それって、ただイヤミにしか聞こえないだろうし……けど、自分ひとりでかかえているには重すぎて……私、もう、どうしたらいいのか、ほんと、わかんない……」

そして、そこで真咲はぷつりと糸が切れたかのように、おいおいと声をあげて泣きだした。

はたちそこそこの年ごろから冷静沈着な性格で、ヒステリックになったことなどなかった真咲の取り乱しように、蝶子も同じくらい胸のうちで取り乱し、狼狽《ろうばい》しつつも、やはり年の功なのか、それを気《け》どられない程度に、かろうじて平静さを装うことができた。

「かわいそうに。つらかったんだね。話ができるひともそばにいなくて」

答えることもできずに、真咲はただ泣きじゃくりつづけた。

蝶子はしばらく携帯電話を耳にあてて、真咲の気のすむまで泣かせておいた。いまこの場では、そうするぐらいのことしかできなかった。

手にした缶入り玉露を音を立てずにぐびり、ぐびりと口にふくみ、やがて一本きれいに飲みほすころには、真咲もどうにか落ち着きをとりもどした。

「ごめんね。私ったら蝶子さんの声を聞いたとたん、ここのところずっとつづいていた張りつめたものが切れちゃったみたい」

「わかる。私にもそういうときがあるわ」

と蝶子も真咲の神経を刺激しないように同調したが、そういうときが最後にあったのはいつだったか、すぐには思い出せなかった。

気持を張りつめることなど、四十代に入ってからほとんどなかったし、だから、張りつめたものが切れることもないわけだ。

ここ何年も、単調で、規則正しい日々がなんということもなくくりかえされていた。恋愛問題に翻弄されることもなく、職場の市役所での人間関係に悩まされることもめったになくなり、約十年前に実家をでて、ここ「桜ハウス」のオーナー兼住人となってからは、両親とつまらないことで口喧嘩することも、まったくなくなった。会うときは、おたがいに機嫌のいい顔だけを見せあう。実家の近くに住む姉夫婦とは昔からうまがあっていて、トラブルが生じたためしもなかった。

平凡な、ぬくぬくとした毎日が、蝶子にはあたりまえになっていた。ちっとも退屈ではなかった。二十代、三十代の時分の、男だの、結婚だの、仕事だのについて、つねに何かしらの選択を迫られ、それでいったんはどちらかを選んでみたものの、その選択結果にも自信が持てなくて、たえず気持を右往左往させていた、おさまりの悪さを思い返すと、気持にブレがないだけに、いまのほうが、はるかに快適で、生きやすいのだ。

これといった悔いもない。

やり残したことがあったのかどうか、とっさに浮かんでこないところからすると、まあ、ないのだろう。

のんびりを絵に描いたような生活を送っていた蝶子に、今夜の真咲の電話は、ひどく新鮮で、はた迷惑で、そして、ここ何年間も動きのなかった感情のボウルのなかを大きな泡立て器でひっかきまわされたような衝撃だった。といって、いまいましさに舌打ちしたくなるような衝撃ではない。

あの冷静な、あの真咲が、病床にある老いた親のことで、こんなにもわれを忘れて動転していることへの驚きであり、同時に、奇妙な感動も誘いこんでくる。どちらかというと学校の優等生タイプの真咲の取り乱しようが、いかにも人間くさくて、意外な稚《おさな》さがむきだしになったようで、むしろ、蝶子はいっそう真咲を身近に感じた。ふだんから感情をオープンにし、ことこまかく口にだして表明しているハウスメイトの綾音なら、どれだけ騒ぎたてても珍しくもない。真咲だからこそ、新鮮、かついじらしいのだ。

ふいに蝶子は、数秒前までは自分でも思ってもいなかったことばを言っていた。

「真咲ちゃん、私、そっちにいこうか？　この週末にでも」

「きてくれるの？」

と真咲も驚いた声をあげた。言外にうれしさがにじんだのを、蝶子の耳はすばやくキャッチする。

「そっちにいっても、ただ真咲ちゃんの顔を見て、一緒においしいものでも食べて、おしゃべりするぐらいのことしかできないんだけどね」

「ううん。きてくれるだけでありがたいの。ね、ほんとに、きてくれる？」

「特急電車なら九十分だったっけ？」

「いいえ、九十八分よ」

こういう場合でも、きっちりと正確な数字を指摘せずにはいられない真咲の性分を、哀しくも、おかしく蝶子は受けとめた。

「日帰りにするか、あるいは駅前あたりのビジネスホテルに一泊するかは、未定として、じゃあ、とにかく土曜日の午後早くにはそっちに着くようにするわ」

「ありがとう。待ってる」

「それから、もしかしたらね」

と、やはり蝶子は一秒前までは自分でも考えてもいなかったせりふを口走っていた。

「綾音ちゃんか遠望子さんも誘おうかと。いい？」

「もちろんよ、大歓迎。にぎやかになっていいわ」

と真咲は如才なく応え返してきたけれど、そう言っていることばの裏に、ほんのかすかな不満がふくまれているのを、蝶子は敏感に読みとった。多分、真咲としては、蝶子とふたりきりで、じっくり、しんみり、心を割って話したかったに違いない。

真咲のその心理はわかるものの、蝶子は自分の許容量《キャパシティ》に自信が持てなかった。

これが恋愛の相談とか、失恋の落ちこみなら、そう多くはないとはいえ、自分の経験をふまえてアドバイスしたり、慰めたりもできる。しかし年老いた親の介護問題となると、腰がひけた。経験がなく、真咲の立場になって想像しようにも、どういった事柄や問題を、どのように組み立て、どんなふうに整理し、話をすすませたらいいのかすら見当もつかないのだ。

で、ひらめいたのが遠望子である。

総合病院の事務職として長年勤めてきている彼女なら、介護については蝶子より知識があるだろうし、五人きょうだいのまんなかといった家族構成と、まだ健在らしい高齢の両親という背景からしても、親の介護は他人事ではないはずなのだ。以前に遠望子が両親の世話のことなどで、ちょっと愚痴っぽく言っていた、おぼろげな記憶もある。

その点、綾音は、今回の同行にはまったくふさわしくなかった。

田舎のお金持ちのひとりっ子のお嬢さまである綾音の親たちは、ともにまだ五十代で健康そのものであり、また、たとえ、両親のどちらかが倒れても、娘の綾音がひとりでかかえこまずにすむような資産なり人脈が用意されてもいるらしい。いつであったか、綾音の母の野利子が、何かの話のつながりで、そういったことを自慢するのではなく、さらりともらしていたことがある。少なくとも綾音は、親の介護問題に直面した際、真咲みたいな物心両面の苦労はしょいこまずにすむ。

そういう苦労からまぬがれている人物が、苦境のまっただなかにいる真咲と対面するのはまずかった。まったく話が嚙みあわないだろうし、そこには余計な反発心もうまれてくる。

真咲に対して「綾音ちゃんか遠望子さんも誘おうかと」と言ったのはことばのあやというもので、蝶子は、はなから綾音に声をかけるつもりはなかった。

それに最近の綾音は、

「これまでいろんな資格にチャレンジし、成果をあげてきたこの私が、なぜかフラワーデザイナーの資格を見落としていた」

と言いだして、フラワー教室に、ほとんど日参するかのように通いつめ、明けても暮れても花を相手に、花にうもれるような日々を送っていた。

おかげで「桜ハウス」のあらゆる空間に、あらゆる生花が飾られ、花々の香りも流れ、はなやいだ住いになっているのは言うまでもない。

もちろん、資格取得をめざして、一心不乱に勉強し、ストイックなまでに精進しているときの綾音には、恋愛の要素が入りこむすきはないのだ。

ついこのあいだも野利子が田舎からやってきて、自分用に借りている一室に三泊していったのだが、まさしく「花狂い」しているような娘をまぢかにし、蝶子にこっそりつぶやいたものである。

「どうして綾音には、ほどほどってことがないのでしょうね。ええ、なんであれ、資格をとるのは大賛成。いいことだと思います。でも、どうしてあんなに目を三角につりあげてむきになるのか。どうしてもっとおだやかな境地でトライできないのか。恋愛に夢中になれば、必ず三角関係を呼びよせて、もつれこむし……ほんとに、自分の娘ながら、ため息がでますのよ」

三日後の土曜日の午後に真咲のもとを訪ねる約束をし、こまかいことは追って連絡するといったん携帯電話をきり、蝶子はその場ですかさず遠望子の携帯にかけた。

自宅にいた遠望子はすぐにでた。娘の万里花とケーキを食べていたところだと、母親らしくどっしりと落ち着き払った口ぶりで告げた。

真咲が母親の看病と介護に実家に帰ったことは遠望子も知っていて、蝶子の説明をざっと聞いただけで、すぐにOKした。

「わかった。土曜ね。いくよ」

「急な話で申しわけないけど。万里花ちゃんはどうする?」

「姉がいるもの」

遠望子母娘は姉夫婦と一軒家に同居し、万里花はうまれたときから、遠望子よりも、専業主婦の遠望子の姉・也須子《やすこ》に育てられたも同然だった。

「でね、日帰りにするか、むこうに泊るかは決めてないんだけど」

「それはむこうにいってからの話でいいんじゃない」

「そうか」

「真咲ちゃんの落ちこみ程度にもよるし」

「まあね、元気でいてほしいけど」


三日後の土曜日の正午少し前、蝶子と遠望子はＪＲ駅から特急電車に乗った。乗車前にそれぞれの好みの駅弁と缶入り茶を買うのは忘れなかった。

進行方向をむいて並んで座席につき、駅弁のうまさを満喫するために朝食を抜いてきた蝶子は、さっそく包みのひもをほどいた。それを見て遠望子も自分の駅弁をビニール袋からとりだし、缶入り茶のプルトップを引く。

蝶子のは鶏《とり》そぼろ弁当、遠望子のは幕の内弁当デラックスというのである。

ふたりは黙々と箸と口を動かした。

蝶子が遠望子と一緒にいて、この点はらくでいいな、とつねづね思うのは、ふたりして黙りこんでいても、それが少しも気づまりではないことだった。黙りこむ、というより、いちいち口にだす必要はないというべきかもしれない。

実際、ＪＲ駅構内で落ちあって、駅弁を買うにしても、蝶子は「駅弁を買う」と口にだして言う前に売店にむかって歩きだすだけでよく、それに対して遠望子も「どうしたの？」とたずねるわけでもなく、ただ黙って蝶子と並んで歩く。蝶子が駅弁を買うのを見て、自分も、やはり黙って駅弁のどれかを選ぶ。いらないときは買わないまでのことだ。

遠望子が無愛想で口べたなのは、いまにはじまったことではなく、十年前に四人で暮していたころから同じだった。

子供をうんだにしては、骨太の筋肉質の体つきも当時と変りなく、化粧もファッションセンスも、本人なりに努力はしても、なぜか、いまいちぱっとしないのも相変らずだ。蝶子は、昔から無性に彼女を、哀しく、気の毒に思うときがあったけれど、それは優位に立っての同情というものではなかった。

遠望子を見ていると、どうしてなのか、母親世代とダブってくる。まだこの国全体がとても貧しく、女というだけで男たちの下に置かれ、それでいて生活のこまごまとした面倒や苦労を押しつけられ、しかも、その大変さがちっとも報われなかった昭和初期の時代、遠望子みたいなタイプの女たちが、母親の世代にはたくさんいたような気がしてならない。

ただ救いなのは、そういう時代性というものなのか、彼女たちは共通して雑で、無知で、だからこそ、たくましく、それが彼女たちに悲劇のヒロイン的な自意識を与えていなかったことだった。そのかわりに大口をあけてカラカラと笑う楽天性を与えた。

遠望子には大口をあけて笑うといったオープンな気質はいくらか欠けてはいるものの、土着的な、どっしりと腰をすえた鈍《どん》なたくましさは十分に備えていた。

大雑把《おおざっぱ》に分ければ、蝶子と真咲、綾音は同じ生息圏でくくられる女たちで、遠望子だけが別の生息圏に属しているという印象は、十年前にハウスシェアしたころからあり、それはいまだに変らない。

真咲の実家のあるN街へむかう特急の車窓のそとでは、六月の季節にふさわしい新緑と目にまぶしい陽光の組みあわせが次々と展開され、同じ画家によって描かれたシリーズ物の風景画を何十枚と見ているような快い錯覚にとらわれた。

澄みきった空がうれしい。

数日前にふった雨で、樹々の葉のほこりが洗い流され、緑がいちだんとあざやかに陽に映《は》えるのも、またすばらしい。

これがまったくの行楽なら、と蝶子はつかのま思わないでもなかった。が、思ったとたん、真咲に悪いではないか、といそいで頭から追いやる。

鶏そぼろ弁当は、予想していた以上においしく、そのことも蝶子を満足させていた。

ちらりと横目で遠望子の弁当を見ると、あと数口できれいに片づけられるところまで食べすすんでいた。昔から大食漢の遠望子だった。蝶子みたいに味にうるさくはなく、というより頑固なまでに自分の好みの味にこだわることはいっさいなく、たっぷりの量さえあれば不満はないといったタイプである。

ものの五分とたたないうちにふたりはそれぞれの駅弁を食べおえた。

満腹と満足感でしばらくボーッと放心したように、電車の震動にしばし身をまかせた。

やがて、前方をむいた姿勢のまま、まずは遠望子が口をきった。

「真咲ちゃんのお母さん、結局は、どこが悪いんだっけ？」

「あっちもこっちもよ。はじめは家のなかで転んで足を骨折して入院したのがきっかけ、一年ぐらい前に」

「骨折かあ。お年寄りの寝たきりのはじまりは骨折からって言われてるけど、ほんとに、よく聞く話だね。うちの兄のお嫁さんの親もそうだったし、実家の近所のおばさんたちの何人かもそれで寝ついちゃったりして」

「そのときは真咲ちゃんのお母さん、ぜんぜんだいじょうぶだったらしいの。気持も若くて、ぜったい治ってみせるとか言って。ところが張りきって、入院先で自分勝手にリハビリをやりだしたのがまずかったらしい。ほら、病院の廊下なんかにぐるっとついてる手すり、あれにつかまって歩く練習をはじめた、自分ひとりでね。で、またまたそこで転倒してしまった。こんどは足の複雑骨折と腕まで折っちゃって」

「いるんだよね、ある程度のトシで入院してても、自分は若いつもりでいるから、ドクターや看護師の言うことなんかに耳をかさないで、自分勝手なことをする。それでより悪化させたりして」

「まあ、本人は体力に自信があるし、それまでは元気でやってきてるから、余計、自分でどうにかできると思うんだろうし」

「みんな自分の年齢を忘れてるんだろうなあ。健康に気をつけてきたのに、なぜ自分はこんな病気になるんだって文句を言うおじいさん、おばあさんはよくいるけど、七十も八十もすぎて、どこも悪くないってほうが珍しい。早い話、それが老化、老いってもんでしょ。けど、そういう年寄りに限って、自分の年齢への自覚がなくて、原因はほかにあるって思いこんでいる」

「真咲ちゃんも、そのへんまでは楽観視してたみたい。骨折なら、時間さえかければ完治するだろうって。まあ、まったくの完治でなくても、お母さんがひとり暮しにもどれる日はくるだろうと」

「子供としてはそう思いたいしね」

「ところが足や腕の骨折を治療しているうちに、こんどは腰に激痛が襲ってきたんだって。ほら、骨粗鬆症《こつそしょう》の延長にあるらしい背骨の疾患。加齢によるものだから、痛み止めを打つぐらいで、根本的な治療はできないと。最悪の場合は車椅子の生活になると」

「トシをとるって、そういうことなんだろうねえ。いくら気をつけても、努力しても年齢に伴う体のいろんな老化現象がでてくる」

「真咲ちゃんのお母さんは、車椅子ってのがものすごいショックだったらしいの」

「わかるな。ずっと元気にやってきたのが、ある日突然そう言われたら、この私でさえ、多分しばらくは食事が喉《のど》を通らなくなると思う」

「へえ、そうかしらね」

と蝶子は、いかにも揶揄《やゆ》する口ぶりで横目を遠望子にむけた。

が、遠望子はそれに気づかず、自分の膝へと視線を落とし、しんみりとつぶやいた。

「娘の万里花に心配かけたくない気持と、万里花がちゃんと幸せをつかんだかどうかを見きわめるまでは、私、石にしがみついてでも健康でいなくちゃあ。万里花を育ててくれてる也須子姉もね、万里花がはたちになるのを、しっかりこの目で見届けなければ、死ぬに死ねないって、いつも言ってる。あの子が私たちまわりの大人を引っぱっていってくれてるんだよね」

遠望子のことばは重みをもって蝶子の胸にひびいた。体を張ってまで守るべきものを持つ者と持たない者の違いが、そこに歴然とあるようで、蝶子はおのれの身軽さを、いっとき喜んだ。負け惜しみに似た、むなしさをはりつけた喜びは、またたくまに色あせていく。かわりに、めっきり思い出すこともなくなっていた十代のころの青くさい自問自答がふいによみがえってきて、蝶子をたじろがせた。

（ひとは、いったい、なんのために生きているのだろうか。そして、だれのために……）

胸のうちに生じた自問自答を追い払うようにして蝶子は言っていた。

「車椅子が必要かもしれないって言われてからの真咲ちゃんのお母さん、電話では元気にふるまっていたらしいけど、十日ほどして十二指腸かいようの手術を受けることになったって言ってきて、それで真咲ちゃん、あわてて実家のN街の病院にお母さんを訪ねたの。お母さんのいないところでのドクターの説明では、十二指腸かいようの原因は急激なストレスによるのではないかって。ほら、背骨の疾患で車椅子うんぬんの件が、お母さん、よっぽどこたえて、まいってもいたらしいの」

「相当のストレスだったんだ」

「十二指腸かいようの手術は成功して、ものが食べられなくなっていたのが食べられるようになった。真咲ちゃんがほっとして私に電話してきたのは、しっかりおぼえている。ところが二週間とたたないうちに、こんどは肝臓がちょっとよくないってことで、ドクターの説明を聞きにきてくれって、またもや病院からの呼びだし」

「そうなんだよねえ。いまは個人情報保護法で、患者の家族も電話で患者の容態は話してもらえなくなったから。直接ドクターに会うなりして、本当に患者の家族だと確認されてからでないと、いっさい話が聞けない。その患者がその病院に入院してるかどうかさえも、病院側は教えないんだよ」

「患者の家族が遠くに住んでいる場合は大変だ」

「でもね、世の中には振り込め詐欺じゃないけど、悪いことするひとがいっぱいいるからね。特に病人とか病人をかかえた家族みたいに、それでなくとも気持的に弱っている人間につけこもうとしたら、いくらでもやりようがあるもの」

「肝臓以外にも心臓もよくないし、肺にもかげのようなものがあるとかで、そのたびに真咲ちゃん、病院から呼びだしを受けて、毎週のようにN街にもどってたのよ」

「お兄さんは？」

「N街まで片道四時間かかる所に住んでるの。仕事の関係で。それも飛行機と電車を乗りついで、うまくいっての四時間なんだって。お兄さん夫婦も、真咲ちゃんひとりに負担をかけて、とてもすまながってるようなんだけど、結局のところ、どうしようもないのね。中高生の子供たちもいるし」

「ああ、まったく他人事じゃないよね、そういう話。うちの親もどっちも七十代で、ほんの少し認知症がかってきていてね、私らきょうだい、この先どうなるかって息をひそめるようにして見守ってる」

「ご両親はふたりで暮してるの？」

「ううん。何年か前に兄夫婦がふたりきりにしておくのは心配だって、引きとって一緒に暮してくれてるから、私たちはまだいいんだけど、グループホームなんかの施設に入らなくてはならないようになったら、そこでかかるお金のことはどうするかって話になる。子供たち五人いても、みんな自分たちの家庭を持って、いっぱいいっぱいの生活だから、親にだしてやれるお金の余裕なんてないもの」

蝶子も一瞬、自分の身に置きかえた。姉夫婦の暮しむきも思いあわせた。確かに親たちに金銭的援助が必要となっても、月々せいぜいこづかいの足しにするぐらいの額しかだせなかった。まるごと生活を支える援助など、とてもできない。その場合は自分の生活を犠牲にしてまで親につくすしかないのだろうか……と考えていくと、めげるよりも前に怒りがこみあげてきそうになる。しかも、だれにむけるべき怒りなのかがわからなかった。

「年とった親だけの問題ではなくってね」

と遠望子がさらに声を沈ませた。

「うちの職場の同僚の友だちに、ダンナさんと二十ぐらい年のはなれている奥さんがいてね、っていうことはダンナさんは六十歳近くなんだけど脳梗塞《こうそく》で倒れて入院し、退院してまたすぐ倒れて、右半身不随になって、奥さんが介助しなくちゃ日常生活も送れないから、奥さんはパートにもでられない。といって預貯金があるわけでなし。あのひとたちどうするんだろうって、同僚もそれ以後、電話もできないでいるんだって。ローンの残っている自宅を売り払って、それで食いつないでいって、あとは生活保護を受けるしかないのか……若いころは、うんと年上で羽ぶりのいい、やさしいダンナさんがご自慢だったのに、年がはなれすぎてると一方が年寄りになったとき、片方はまだまだ若いからか、なんでこんなことをしなくちゃならないのかって思うらしいよ。ダンナをいたわるよりも先に」

「そういえば、うちの遠縁にも七十になって再婚したおじさんがいた。遊び人で、奥さんを亡くしてから、それまで二十年近く愛人だった女性と再婚したの。それも奥さんが死んでから十年ぐらいたって、ようやく愛人を正妻にしたわけ」

「なんで十年間も奥さんにしなかったの？」

「その愛人以外の女たちと遊んでたのよ」

「へえ。いいご身分」

「そういうひとだから七十で再婚したときも得意満面でね、自分は若いんだ、みたいな。ところが一年後に胃と腸ががんにおかされてるのがわかって、それから七年ほどずっと闘病生活。もと愛人の妻は看病に明け暮れて、それでいっつもイヤミを言って、おじさんをイジメてたんですって。病人の世話をするために結婚したんじゃないと。でも、おじさんは多少のお金があったらしく、そのお金をちらつかせて、彼女に言うことをきかせてたって。いつだって遺言は書き直しができるようなことを言ったりして」

「いやなジジイだね、まったく……あ、ごめん、蝶子さんの親戚なのに」

「いいの、みんなそう思ってる。でも、それも現実なのよね」

「まあね、きれいごとだけじゃないから」

ふたりはつかのま口をつぐみ、それぞれの思いにしばしひたった。
四、五年前の、蝶子がいまの遠望子ぐらいの四十歳をひとつふたつでた年齢の当時は、まだそれほど親の介護の問題は具体的ではなかったような気がする。もちろん、あることはあったのだろうけれど、それほど表面化していなかった。介護問題に直面しているひとびとの数がいまほど多くなかったし、世の中全般の意識も違っていた。たとえどんな親だったにしろ「育ててもらったありがたさ」のお返しとして、「介護させていただく」といった風潮が残っていたからだ。
しかし、現在はそう単純な見方をするひとはへり、自分たちの生活を我慢してまで老いた親の面倒を見なくてはならないのか、と疑問視する傾向がどんどんふえている。

その底には、子は親を大事にし孝行するものといった通りいっぺんの考えはくずれ、それぞれの「家族歴」の、家族にしかわからないさまざまな事情があるといった認識が浸透してきたからに違いない。「児童虐待」とか「家庭内暴力」、「愛情依存」などのことばが、ここにきて一挙に認知された背景とも、無縁ではないはずなのだ。要するに、自分の子がかわいくない親などいない、という常識が、そう思いこまされていた神話にすぎないと気づいたひとびとが多くなったせいでもあるのだろう。

蝶子自身は自分の親に対して過剰な怒りも憎しみも持っていないタイプで、むしろ、あのときこんなふうにかばってもらった、愛されたという記憶のほうが圧倒的に多い。とはいえ、あれは親としてはサイテーの言動だったな、という苦々しい思い出もいくつかあることはあるのだ。

そうした幼く無力だった時分に、親から与えられた幸と不幸の分量が、バランスよく保たれているか、あるいは、不幸の量ばかり多すぎるかが、数十年もたったあとに、老いた親と大人になった子供の関係を決めていくのだろう。

ひところ「トラウマ」なることばが流行し、蝶子の職場でも飲み会の二次会、三次会などで、アルコールの力をかりて、自分のトラウマを披露しあうのがはやった。

片想いや失恋といった恋愛がらみのトラウマもあるにはあったものの、もっとも共通していたトラウマが、親子関係なのは意外だった。その場にいる全員が、なんらかの形で親から受けた傷やうらみを心にかかえていた。その大半は、親の、子にむけられた無神経な言動、特にことばによるもので、しかも言った親本人はそうしたことはとっくに忘れている、なかには、そんなことを言ったおぼえはまったくない、と言い張って引かない親がいるのも、申しあわせたように共通していた。

そのとき蝶子はつくづく、この世に完璧《かんぺき》な親など存在しないのだなあと思ったものだった。完璧な子、というのも、ほとんどいないのと同様に。

　電車はあと二十分ほどでN街に到着する予定だった。

　バッグから、おやつと称して黒大豆の炒《い》ったのをだしてポリポリかじっていた遠望子が、「どお？　食べない？」と黒大豆の入った小袋のくちをこちらに傾けてきたのに対して、蝶子は「ありがとう。でもいらない」とやんわりと断った。

「ふうん。おいしくて、体にもいいのに」

　と遠望子はひとりごとめかしてつぶやいたあと、ふたたびこれから会う真咲の話にもどった。

「あの真咲ちゃんが、お母さんの介護のために勤めも辞め、アパートの部屋も引き払って実家のあるN街にもどるって聞いたときは、私、ほんとにびっくりしたなあ」

「みんなびっくりしたのよ、綾音ちゃんにしろ私にしろ」

「だって真咲ちゃんって、つねに冷静で理知的で、情に流されたり、情がらみで何かやっちまうっていうタイプじゃ、ぜんぜんないって思ってた」

「特に男のひとに対してはね。離婚もそうだったらしいし。でも、ひとって、そういう一面だけじゃなく、まったく別の面を持ってたりもするからね」

「そうなんだよね」

「どういう別の面かで、それがそのひとのプラスになったりマイナスになったりする」

「真咲ちゃんの場合はプラスなんじゃない？　私、その話を聞いて、人間味があっていいなって、ほっとしたもの」

「そうね、彼女の、いい意味での弱さやもろさを、なんとなく感じるからプラスなんでしょうね」

「別の面といえば、私の知りあいに、つねにつきあう男で女をさげている女性がいるな。ごく小人数とはいえ、グラフィック・デザインとかの事務所のオーナーで、ま、世間的にはいっぱしの有識者めいた発言なんかしてるの。けど、下品で口がうまくて自分の器を大きく見せるハッタリ系の男が大好きでさ、つきあうのは、いつもそういうタイプ。ジゴロみたいな男だって、彼女はそういう自分の彼氏を美化して言うんだけど、私たちから見ればジゴロじゃなく、単なるゴロツキ。その男を紹介されたひとたちはみんな口をそろえて、あんな男のどこがいいってかげで言うんだけど、彼女はいつだってそういう男にメロメロ。でも、彼女が人間としていまいち信用されないのは、その手の男とばかりかかわるせいだろうとも言われてるの。いくらもったいぶったことを言ってもね、どうせ、あんな男に鼻の下のばしているんじゃあ、いまいちリアリティがないわけよ」

「まあ、ひとの好みはさまざまだから」

と蝶子の歯切れがとたんにトーン・ダウンしたのは、過去にそういうタイプの男とつきあっていたのを思い出したからである。伯母の遺産だった家に多少の手を入れ、間貸しすればいいとすすめたのが、その男だった。「桜ハウス」の発案者の彼は、しかし、入居人の面接の段階まで蝶子の将来的なパートナーのふりをし、そして、最後になって、蝶子よりもっとずっと資産条件に恵まれた女性と結婚してしまったのだ。

しかし、遠望子の知りあいのその女性とは違って、蝶子は別にそういった口八丁手八丁の男が好みなわけではなく、あとにも先にもそういうタイプとつきあったのは、そのとき一回きりである。

「ひとの好みはさまざまって言われちゃうと、私の話もそれまでなんだけど、でもさ、蝶子さん、そういうゴロツキ男にたかられ、小銭をむしりとられるたびに、彼女、友だちに愚痴ったり泣きついたりするんだよ。愚痴りながら、めそめそ泣いたりして、それがカワイイ女だと思ってるふしがあるの。そういうのがカワイイ女だと、彼女をおだてたやつがいるらしいんだ。それも彼女、四十代も後半だよ」

「それは論外よッ」

と蝶子は自分でも意外なほど語気を強めて言っていた。

「そういう女はカワイイとは言わない。バカなの、バカ者なのッ」

「そうよね。ああ、よかった。私だけかと思ってた、彼女のこと大バカ者と思うのは」

「あのね、遠望子さん、私たちの真咲ちゃんとそのバカ女を一緒くたにしないでくれる？　人間まったく別の面があるって言っても、真咲ちゃんが見かけよりずっと親思いなのと、どこかのバカ女が見かけと違ってゴロツキ男ばっかりを相手にしているのとでは、まったくもって話の内容は大違いなんだから」

遠望子がのけぞるほどに蝶子が息まいているうちに、電車はN街の駅ホームへすべりこんでいた。

N街の低い街並は、地域振興とか再開発ということばがむなしくひびくだけの地方都市が共通して漂わせている、わびしさとなつかしさの詩情が、空にも、目前の駅前通りにも、街を流れる風にも織りこまれているみたいだった。

知らない街のはずなのに、いつかどこかで見たような既視感《デジャ・ビュ》がある。真咲から折りおりに聞かされていた実家の話とか思い出話が、しぜんと心のなかにつもり、蝶子自身の記憶のようになってしまっていたのだろうか。

真咲の故郷であって自分とはただそれだけの縁であるN街なのに、しぜんと胸にこみあげてくるこのせつなさは、いったいなんだろう、このセンチメンタルな気分は、と蝶子はとまどわずにはいられなかった。

遠望子もぽつりと言った。

「はじめてきた土地なのに、なんだか、昔から知ってるような気がするね」

ふたりはタクシーをひろって、真咲の母の入院先の総合病院にむかった。

さっき電車をおりてすぐに携帯電話で真咲の携帯に連絡すると、病院にきてもらいたいということだった。タクシーをひろう直前、遠望子が通りの角にあったフラワー・ショップをめざとく見つけ、真咲の母の見舞いにと、小さな籐のかごにあしらわれた花束を、蝶子とワリカンで買い求めた。遠望子の、昔は想像もできなかったそうした気くばりや気転を、蝶子はほとんど感動して見守った。ぶっきらぼうな性分の遠望子の、自分のそうした配慮をいちいち得意がるでもない淡白さも好ましい。

総合病院まではタクシーで十分ほどだった。正面玄関にはすでにジーンズにトレーナー姿の真咲が待っていて、蝶子と遠望子がタクシーからおりるのももどかしげに駈《か》け寄ってきた。

「ありがとう。ほんとにきてくれたんだね。母に会ってやってって言いたいけど、ごめんなさい、いま母はお昼ごはんあとの仮眠中。食事するたびに疲れて、必ず寝るの。そのぐらい弱ってる」

真咲がふたりを案内したのは、入院病棟の各階ごとに設けられている面会室ではなく、一階外来の広い待ちあいフロアだった。

「土・日は面会やお見舞いのひとが多くて、かえって外来のこういう所があいていて、ゆっくり話すにはちょうどいいの」

ここひと月ほどのあいだに真咲はひどくやつれていた。その目鼻立ちは、どれも慎ましいなだらかな線で、目も鼻も口も、ちんまりと主張にとぼしく、だから、愛らしい顔立ちなのだけれど、しかし、こうやってやつれが生じてみると、ちんまり感は貧相につながりがちなことを、蝶子にあらためて教えていた。反対に、めりはりのある主張の強い目鼻立ちは、トシとともに、ただ黙っているだけで怒っているような、もしくは意地悪な顔に見える傾向があるのを、蝶子は職場の先輩女性から学んでもいた。では自分はどっちのタイプの顔かと客観的に考えてみたところ、貧相でも意地悪でもないものの、あまりにもありふれた、ほこりっぽいオバサン顔という認識にいきついて、がっくりしたものだ。しかしオバサン顔もオジサン顔も、まだその段階にとどまっているうちはいい。やがて忍び寄ってくる年寄り顔への変貌というのがあり、二、三年会わないでいるうちに、怖ろしいことに、別人みたいに老けこんでしまう顔もあったりする。

一階外来の待ちあいフロアに並んだ背もたれのないビニール張りのベンチにむかいあって腰かけ、まず遠望子が、見舞いのフラワーアレンジメントのかごをさしだした。

「まあ、きれい。ありがとう」

かごを膝にのせ、花の香りを嗅いでいる真咲に、蝶子と遠望子は、はからずもそろって用心深いチェックのまなざしをそそいでいた。真咲の内面的な疲労の度合い、バランスのくずれ方を探るように。

「真咲ちゃん、少し痩せたね」

と遠望子がしんみりと口をきった。

「なんにもしなくても、しぜんとダイエットになってるの、食欲がないから」

と真咲も淋しげなほほえみを添えて答えた。

「蝶子さんに電話した次の日、ドクターとの面談があったのね。何回目かの検査結果について」

「そう……」

「うちの母、もうダメなんですって。両肺がんで、もう手のほどこしようがないぐらい広がっているし、骨にも転移してる。あとは痛み止めを使って、苦痛をやわらげてあげて静かに見送ってあげるしかないって」

「…………」

「ドクターにそう言われてみたらね、私、母がもう助からないこと、ずっと前から知っていたような気がしたわ。予感っていうの？　勤めを辞めて、こっちにもどって母の看病をしようと決めたときから、なんとなくあるにはあったの、そんな予感は。でも、ひと月前のそのときは母の命がもう限られたものだなんて、ドクターもだれも言ってなかった」

「真咲ちゃん……」

と蝶子と遠望子は思わず声をあわせてそう呼びかけたものの、次のことばにつまった。

「心配しないで。だいじょうぶ。兄夫婦にも電話して、母が余命、二ヵ月ってこと伝えたし……」

「一、二ヵ月？」

「うん。この夏を越えられるかどうか」

蝶子と遠望子はことばを失った。

真咲は、まだ母の余命宣告が実感されずにいるのか、あるいは人目のないところで泣きたいだけ泣いて、ある程度のあきらめがついているのか、ふたりを前にして声をつまらせることもなかった。

しかし数日前の夜の電話で手放しで、あられもなく泣きじゃくった真咲である。蝶子と遠望子という昔からの気のおけない友だちを前にして、気持がいくらか落ち着いているだけのことと考えたほうがよさそうだった。

「私たちに手伝えることがあったら遠慮なく言って」

蝶子の申し出に、真咲はこくりとうなずいた。

「ありがとう。そう言ってもらうだけで、どれだけ心強いことか……」

そのとき白衣の上下を着た看護師か看護助手とおぼしき男性が、三人に近づいてきた。

真咲の母の容態の急変を告げにきたのか、と蝶子と遠望子はとっさに体をこわばらせた。

が、真咲にむけられた男性の顔には、やわらかで親しげな笑みが微風みたいにそよいでいた。けっして老けてはいない顔つきにもかかわらず、頭髪はこちらが正視するのがはばかられるぐらいにはげあがり、両耳の上にひと握りほどの、しらがのまじらない黒々とした髪が、ゴマおはぎのように残されている。目はパッチリと丸すぎるくらいに丸く、口は深海魚みたいにカパッと大きい。頬から顎《あご》にかけての顔下半分はひげの剃りあとが青々と濃いのが、その顔立ちの第一の特徴にあげられるかもしれない。これがお笑い芸人であったなら、その容貌の図抜けて喜劇的なパーツだけで、まず客の心をつかんではなさないだろう。体型は中肉中背といったところである。

頭髪の大半は失っているものの、顔の肌つやはまだまだ十分に若く、三十一歳の真咲よりは年上だろうけれど、どう見ても四十代にはなっていそうもない。

さらに男性の全身から放たれている雰囲気というかオーラというか、いわゆるその種の気配がただものではないのに蝶子はたじろいだ。エロっぽいのである。男の色気と言うには下品さがまさり、セクシーと称するほどには洗練されずに泥くさい。けれど、官能的でいやらしいのは十分すぎるほどで、そのエロっぽい体臭めいたものが、むんむんと蝶子を圧倒してくる。苦手なタイプだった。

「こちら看護助手の北畑《きたばたけ》さん。母がとってもお世話になって、よくしていただいてるの。で、こちらのおふたりは蝶子さんに遠望子さん。昔からのおつきあいで、いまでは、ほとんど私の家族みたいな大切な方々」

と、てきぱきと双方を紹介する真咲は蝶子たちの見なれた昔ながらの彼女で、ここぞという場面ではしっかりと自分を見失わずにいられるらしいその姿に、蝶子は胸をなでおろした。自分や遠望子の前では、いくらでも弱気になり、だらしなくなろうとも、それは許されることだった。

北畑は、それまで真咲にだけそそいでいた笑顔を、蝶子と遠望子にも、しっかり、ねっとりとふりまいてきた。

「お初にお目にかかります。おふたりのことは、彼女からいろいろと聞いていてね」

ならば、蝶子も遠望子も北畑よりは年上なことは承知しているだろうに、その口調はどこか遠慮のないタメグチなのが、一瞬、蝶子のどこかにひっかかった。それとも北畑は自分たちより年上なのか……まさか、ありえない……。

加えて、入院患者の家族である真咲をさして「彼女」と言ったのは、もっと蝶子をドキリとさせた。微妙なニュアンスのこもった「彼女」だったからである。

しかし北畑は真咲の好みのタイプでは、断じてなかった。真咲の夫だった時雄《ときお》もそうだし、学生のころから真咲がすてきと口走る男たちは、ハンサムな折り目正しい優等生で、破天荒なおもしろみには欠けるにしろ、信頼を裏切らない人間性の持ち主という点は、いつだって共通していた。粘液がしたたり落ちるかのようなエロさとは、まったくもってかけはなれた男たちだ。

こうした男性の好みは「桜ハウス」にかかわる四人の女たちに通底しているものかも

しれなかった。基本的にまじめなフェミニストの要素を、男に求める。

ただ、木でたとえるなら幹の部分の好みは四人同じでも、枝葉の好みの違いはそれぞれにあり、それがひとりの男をめぐっての奪いあい、取りあいといったトラブルを回避させてもいた。

そのなかで、男の顔立ちにもっともこだわるのが真咲だった。そして、真咲が「きれいなひと、すてきッ」と見とれた男たちを何人か蝶子は知っているけれど、北畑は、そのハンサムのくくりからは、ぜんぜんはずれていた。さみしい頭髪のせいだけではない。目鼻立ちのそもそもが、真咲のきれいの基準から大きくズレている。

しかし、そういった心のうちは巧みにかくし、蝶子は仕事を持つ四十六歳にふさわしい如才のなさで、北畑に接した。

「とりあえず、すわりましょうよ。立ったままなのも、なんですから」

蝶子にうながされて四人はむかいあったベンチ二脚にふたりずつ並んで腰かけた。

「北畑さんはずっと真咲さんのお母さんを担当してくださっていたのですか」

「いまはもう担当ではありませんが。一年ほど前に彼女の母親である末永《すえなが》さんが骨折で入院されたときに、わたしも整形外科のほうにいたんだよね。その後、末永さんは内科に移られて、わたしの直接の担当ではなくなったんだけど、病室を訪ねると、末永さんはとても喜んでくれる。娘さんの真咲さんのことは末永さんから聞いてました。とってもうれしそうにお話しされて。で、ひと月前に、真咲さんが実家にもどられたとかで、毎日、病院に通うようになったのも知ってたし、あいさつぐらいはかわしていたけど、ちゃんと話したのは、じつはおとといがはじめてなんだよね？」

「おととい？」

と問い返した遠望子の声のひびきが、どこかとがめるようだったのもむりはなかった。

「おとといっていうと、お母さんの余命宣告がされた日……」

「そうなのよォ」

と答えたのは北畑ではなく真咲で、しかも、その声の奇妙なニュアンスに蝶子は目がパチクリする思いだった。あとで知ったところによると、遠望子も蝶子と同様に、真咲の突然の、しかも場違いな猫なで声に内心びっくりしていたという。

「おとといい、ドクターから宣告されたことで、私、すっかり気が動転しちゃって。覚悟はしてたのよ。いつか、そういう話をドクターから聞かされるのじゃないかって。でも、頭のなかでシミュレーションして覚悟しているのと、現実にそうなったのとでは、ぜんぜん別なのね。それに母には、このこと、耳に入れたくなかった。かわいそうすぎるもの。かわいそうすぎて母の病室にももどれず、私、廊下のすみで泣いてたの。そこに北畑さんが通りかかって、どうしたのかって、声をかけてくれたのね」

「もう大変でした、彼女の嘆きようは。わたしでさえ、もらい泣きしてしまうぐらいに」

そう言って並んでベンチに腰かけていた北畑の上体と真咲の上体が、引きあう磁石みたいにそっとくっつき、視線と視線がからみあうように見つめあう。蝶子と遠望子は驚愕《きょうがく》のまなざしを向け、内心でわきあがる嫌悪と拒否、さらに、どうにかこの状況を好意的に解釈してやらねば、という見えみえの偽善が、一緒くたに気持のうちをかけめぐった。

まちがいない。まちがいなく、ふたりはデキている。それも、ついおとといのことだ。デキたのは、多分、その日。ぜったいにそうだ。

予想外のなりゆきに、正直言って、蝶子と遠望子はひっくり返るほどにショックだった。

またカップルになりたての男女がおおむねそうであるように、真咲と北畑が寄り添っている幅一メートルたらずのその空間は、悪酔いしそうな甘ったるさと生ぐささがどんよりと停滞しているかのようで、蝶子はやりきれなかった。いそいで新鮮な外気にふれられる所に逃げこみたい。

ねたみや嫉妬からの不快感ではなかった。だいいち、相手が北畑では、羨望《せんぼう》の気持は一滴もわいてこない。ありえない仮定の話だが、万が一、北畑のほうから蝶子を口説いてきたにしても、どうあっても逃げきりたいと本気で想像してしまう相手であるのだ。

不快感の先をたどっていくと、真咲への失望感へとつながる。

母親が余命一、二ヵ月と告げられた緊張状況のなかで、いきなりはじまった色恋を、不謹慎ではないかと苦々しく思っているのか、それとも色恋の相手が、まったくその良さが自分には理解できない北畑だから、それで真咲にがっかりしてしまったのか、そのへんの心理は蝶子自身、わけがわからなかった。

「せっかくこうしてきてくれたのだから、一泊していって。駅前には低料金のビジネスホテルも何軒かあるし、もしよければ、うちの実家でザコ寝してもいいし。みんなで夜ごはんを一緒に食べて、ワインでも飲みながら夜通しおしゃべりしたい。ね、北畑さん？」

真咲の甘えた口調に北畑も深海魚を連想させる大きな口を上機嫌にあけて、こくりとうなずき返す。

しかし、北畑がそれ以上何か言う前に、すばやく遠望子が返答した。

「残念だけど、蝶子さんも私も、きょうは日帰りのつもりできたの。それも今夜はほかの予定もあるので、夕方には帰らなくちゃ。ねえ、蝶子さん」

「……そうなのよ……」

「えーッ、つまんないなあ、そんなのォ、ヤダー、あたし」

北畑にむけられていた真咲の大げさな甘え口調は、感情の操作に狂いが生じたのか、そのまま蝶子と遠望子にもむけられた。これもまた母親の介護疲れと余命宣告に神経がまいってしまってのことだろう、と真咲の媚態《びたい》に蝶子は背中にぞくりとした寒気を走らせつつも、どうにか大目にみることができた。

真咲らしくもないその甘えた媚《こび》が、しかし、遠望子にはカチンときたらしい。それもこれも、そばに目ざわりな北畑がいるため、余計にいちいちマイナスに働き、気にさわる結果をもたらしていた。

遠望子は、とりつく島もない容赦のなさできつく言いくだした。

「とにかく、私たちは夕方には帰るのッ」

その語調の強さに、一瞬、その場はしらけたものの、北畑のとりなすことばに、どうにか女三人は反目せずにすんだ。

「この近くにファミレスがあるから、そこで三人でゆっくりお茶でも飲んできたらどうかな、ね、それがいいよ、真咲ちゃん」

電車の車窓のむこうには、夜もまだ早い時刻の、ほの明るく若い紺色の闇《やみ》がひろがっていた。家々のあかりがきれいだった。

電車はまたたくまに真咲のいるN街から遠ざかり、数時間前に通った景色のなかを、ふたたび逆方向に走りつづけた。

座席に並んですわり、蝶子と遠望子はしばらく黙って前方を見つめる姿勢のまま身じろぎもしなかった。

どちらもしゃべりたいことは山ほどあった。けれど思ったままをそっくり口にだしたなら、どれもこれも真咲と北畑のえげつない悪口になりそうで、しかし、悪口が言いたいのではない。

悪口ではなく、それは疑問だった。納得がいかない、腑《ふ》におちないといった気持がありすぎて、真咲を責めたて、攻撃しているように聞こえるおそれが多分にあるものの、やはり、それは疑問なのだ。

真咲はいったいどうしてしまったのか。

母親が余命一、二ヵ月と宣告されたその日に、よりにもよって、なぜに男性看護助手とデキちゃったりするのか。

そうした行動は、これまでの真咲からすると、あまりにも真咲らしくなく、極端に言えば、まるで別人だった。

それとも真咲は、蝶子たちの知らない、かくされた多重人格の持ち主なのか。

ただ、唯一の救いは、三十八歳の北畑が、バツイチとはいえ、現在は独身のひとり暮しで、前妻とのあいだに子供はいなかったという、風通しのよい経歴なことである。ただし転職癖があるらしく、看護助手になる前は営業マンとして、いくつもの会社を転々と変えているのが、蝶子にはちょっと気になるところではあった。

が、急性の色ボケバカになっている真咲は、ファミリーレストランの席で大まじめに言った。

「彼って、ロマンを追い求めるタイプなのね。追い求めた結果が転職になっていく。でもね、看護助手の仕事についてみて、これこそが自分の天職だって、ようやく思えたんだって。彼、やさしいひとだから、いまの仕事はぴったりだと私も思うの」

看護助手になって一年たらずと聞いて、遠望子が「ふん」と小バカにしたように鼻を鳴らしたのは、ほとんど反射的な反応だったらしく、あとで遠望子はしきりと真咲に謝った。「ごめんね。でも、だってさ、たった一年かそこらで天職っていうのが、少し早とちりというか、簡単すぎない？」

急性色ボケバカで幸せ気分のどまんなかにいる真咲は、いたって寛大に遠望子のミスを許した。「いいのよ、遠望子さん。彼って、ほら、わりかし外見で誤解されるタイプだから」と、とんちんかんなせりふなのは気になったけれど、遠望子を見る真咲のまなざしは澄んでいた。

N街をあとにした電車が走りつづけること十五分、ようやく遠望子が沈黙に耐えきれなくなったらしく口をきった。

「私も万里花をうんだいきさつを思い返すと、ひとのことは言えないんだけど、つまり、ひと夜のあやまちってやつだからさ、けど、真咲ちゃんと北畑さんのことは、ちょっとあんまりすぎない？　余命わずかなお母さんの枕もとで、男といちゃついてるって感じで。それもお母さんの入院先で知りあった相手とさ。蝶子さん、知ってたの？　北畑さんのこと」

「ううん。私も初耳だった」

蝶子もうなだれるようにして答えた。

「ただ、さっきから、どうにかして真咲ちゃんの気持なり行動をわかろうと、がんばってるの」

「そこは私だってそうだよ。非難するのはたやすい。だからこそ、まず理解するように努力する。子供を育てるって、ほんと、まず思いやりある理解の心が何より大事なんだよね、そのためには根気も大事だし」

「すべからく、基本は、愛、か……」

「まあね、基本はわかってるんだけど、なかなかそうはいかなくてさ」

蝶子はまず自分に言いふくめるようにして言った。

「真咲ちゃんはお母さんの介護で身も心もぎりぎりのところまできていたのよね」

「入院費も負担してるって、さっきファミレスではじめて聞いた。お兄さんも、もちろん負担はしてるけど」

「ところが、そうやって家族みんなで力をあわせてがんばってきたのに、お母さんの命はあと一、二ヵ月。どっとむなしさに襲われても当然よね。人生のはかなさやもろさ、努力してもむくわれずに、くずれていってしまうもの……そういった思いに打ちひしがれているとき、ちょっとやさしく親切にしてくれる男のひとがそばにいたら、いっときすべてのつらいことを忘れたいって思っても、やっぱり当然なんだろうねえ。たとえ、お母さんの命が大変な状態になっていても。いや、そうであればなおさら、まったく別のところに自分を置きたくなるのかも」

「逃げだせないのはわかっていても、ちょっとは逃げだしたくなる。休みたくなる。ほら、うちの七十代の親たちも兄夫婦に面倒見てもらっているけど、二週間に一回は私たちきょうだいがそっちにいって、兄のお嫁さんを解放してあげるの。だって大変だもの、お義姉《ねえ》さん。近くの老人保健施設のデイ・サービスも週に二回は利用して、親たちは半日そこですごすようにしたんだ、去年から。バスで自宅まで送り迎えしてくれるし、留守のそのあいだにお義姉さんは少し休めるみたいだし」

「遠望子さんのところも、いろいろと大変なんだねえ」

「大変なのはお義姉さんよ。私らは、所詮《しよせん》、外野席で見てるだけだもの。年とった親と同居してるか、してないか、この差はものすごく大きいよ……三十一の真咲ちゃんが、入院中のお母さんの世話をしながら、少しずつ追いつめられ、自分ひとりでパニクっていくのは、なんか、こうやって話してるうちに、わかってきた」

「だから、気晴しも必要ってことよね。たまたま、それが男のひとだったってだけの話で」

「そうだよね。でも、私が真咲ちゃんの立場なら、きっと気晴しは男じゃないね。食べまくる」

蝶子は自分のことを言われたみたいで、どきりとしつつきき返した。

「食べまくる?」

「そ。いまもその傾向は大ありだけど、ストレスがたまると、とにかく食べちゃうんだよな、私」

「…………」

まだ見栄が働いた。まだ本当のことを打ちあけたくなかった。

「いまの真咲ちゃんは、それと同じで、北畑さんが気晴しってことだよね」

「それに、ここだけの話、あの北畑さんなら後腐れなく、いまだけと割りきって、つきあってくれそうな気もする」

「エロっぽいひとだよねえ、彼は」

「あれ?　遠望子さんもそう思った?」

「思った、思った。いちばん苦手なタイプだもの。ああいうの大好きなひともいるけど」

「私もパスなのよ、あのタイプは。真咲ちゃんだって、あのタイプはだめなはずだったのに」

「そこね。ふだんはぜんぜんタイプの男じゃないのに、気持が弱って、正常な判断力を失っているから、つい魔がさしてしまって、タイプじゃなくても、そばにいてやさしくしてくれる男なら、だれでもよくなっちゃう」

「へえ、遠望子さんも意外と男女の機微に通じてるんだ」

「通じてないよ。ただ、私が万里花を身ごもったときの状況も似たようなものだったから。常軌を逸してたといっても、気が弱ってたのじゃなく、お酒でぐでんぐでんに酔ってたって違いはあるけどね」

乗車時間の九十八分を、そうしたやりとりですごし、電車が「桜ハウス」のある街に到着するころには、蝶子と遠望子の気持は疑問の余地を残さないぐらいに一致していた。

何があってもいましばらくは真咲の味方になること。非難めいたことばを、いっさいひかえること。とにかく真咲をいたわること。この軸足はけっしてぶれさせず、その折りおりのこちらの気分で対応を変えるような、あやふやなまねはしないこと。真咲の前では北畑についての余計なコメントはうっかりもらさないこと。

この約束を遠望子としっかりとかわしあい、ＪＲ駅ホームに降りたつころには、蝶子はこれまでになく遠望子を頼もしく感じていた。こんなにも頼りがいのあるひとだったのか、と感心する蝶子がうかつだったこともあるだろうけれど、万里花をうみ、育てるなかで遠望子が確実に変ってきたのも事実だった。

蝶子の心づもりでは、真咲を慰労し励ますために、せっせとN街通いをするつもりだったのが、北畑という存在が登場してきたからには、それは遠慮したほうがよさそうだった。

実際、N街訪問をきっかけに真咲からしょっちゅう電話がかかってくるようになったものの、話の前半は母親の病状の報告、残り半分は北畑ののろけに終始した。日によっては、そのふたつが入りまじり、北畑との関係をより濃密に、よりスリリングにするために母親の余命一、二ヵ月宣告を利用しているのか、と思えるときもあった。しかし、そうした一連のことは真咲の動揺ぶりを示しているにすぎないと蝶子は見ていた。

余命宣告を受けてから二週間後、真咲の母親は認知症も併発し、その度合いは日によってむらがあるものの、ときには娘の真咲を認識できなくなった。

「認知症のせいなんだろうけど、へんに攻撃的になって、担当の看護師さんにわけのわからないこと言ってつっかかったりするの。目を三角にして。ところが、私が、その横あいから、お母さんって呼びかけると、母の表情が急になごむの。やさしいお母さんの顔になるの。おだやかな、まあるい目になって。きっと母にとって、私や兄から、お母さんって呼ばれるのが大好きだったんだなって思うと、なんだか、私、泣けて泣けて……」

遠望子のアドバイスもあって、そうした場合、蝶子は徹底して聞き役になり、真咲のことばにいっさいさからわなかった。さからわないというのは、真咲を肯定し、あなたの味方だ、と暗黙のうちに伝えることで、それが何よりも真咲の高ぶったり、アップダウンの激しくなっている感情をなだめた。

また、まったく本来の真咲にまいもどった生まじめで堅物《かたぶつ》らしい発言も、たまにはした。

「母がこんな状態だというのに、北畑さんと仲よくごはんを食べて、ふざけあったりしていていいのかって思うのよ。きっと、私、おかしくなってるのよね。ときどき北畑さんの顔を見てるうちに、どうしてこのひとと、こんなふうになっちゃったんだろうって、自分で自分にぞっとする」

「いいんじゃないの」

と、その場合も、蝶子は真咲肯定の姿勢はくずさなかった。

「いまのあなたには北畑さんが必要だから、それで彼にそばにいてもらっている。そういうことじゃないかしらね。だれかがどこかで書いてたな。そこに在《あ》るものは、すべて理由があるから、そこに在るのであって、理由がなければ在ることもないってさ」

「ふうん。なんか、最近の蝶子さん、少し宗教がかってない？」

「あのね、それを言うなら宗教じゃなく哲学がかってると言って。そのほうが聞こえがいいから」

綾音は、真咲の母親問題にひと通りの同情と社交辞令の範囲内の関心を示しはしても、いまひとつ自分の身に引きつけて考えることはできないようだった。いわゆるピンとこないらしい。

しかし、そうした綾音を冷たいとか情がないとか責めるのは、おかど違いというものだった。親が元気でいるうちは、親の老いとか病いとか死は、どうしてもリアリティをもって想像ができない。想像したくない、という気持も働くのだろうし、子供にとっての親は、自分を養いかばってくれる存在であって、自分たち子供が親をかばわなくてはならないという逆転の図式は、頭では理解しても心情的に受け入れにくいのだった。特に親子がはなれて暮していると、親の老いはある日突然につきつけられる場合が多く、その現実を受け入れるまでにやや時間がかかる。

いまのところ両親が健在な蝶子にしても、真咲の話を聞き、病床にあるその母を見舞って、ようやくそうした現実をのみこめたのであり、単に世間話として聞いていたかぎりでは、のみこむまでにはいたらなかったろう。

　遠望子と連れだってN街の真咲を訪ね、ファミリーレストランでお茶を飲んだあと、昼寝からさめた真咲の母を病室に見舞ったとき、初対面の相手なのに、そのやつれた姿を前にして、蝶子は胸がつまった。真咲の母親だからか、まったくの他人という気がしなかったこともあったに違いない。七十二歳と聞いていたのに、目前の眼窩《がんか》をへこませた、薄くなったしらが頭の女性は、病み衰えたあまり、もっとずっと年老いて見えた。まさしく老婆だった。

　その姿が痛ましくも強烈に目の奥に焼きつけられた。真咲から電話で母親の病状を聞かされるたびに、あの日の午後の、真咲の母の無残な姿がありありとよみがえってくるのだった。

　真咲はひんぱんに蝶子には電話してくるのに、遠望子にはほとんどなしのつぶてらしかった。といって遠望子は別にそれを気にしているふうもないようで、蝶子としてはほっとした。

「だって真咲ちゃんがいちばん慕っているのは昔から蝶子さんで、私と綾音さんは、いわばおまけだったじゃないの」

　七月の末、真咲の母は息を引きとった。

　葬儀に出席するため蝶子、遠望子、綾音、そして綾音の母の野利子もN街へむかった。

真咲の十五はなれた兄には、そのときはじめて紹介された。真咲と似た雰囲気の、四十代なかばにしては清潔感あふれる品のいい男性だった。夫と同年配のその妻も、亡くなった真咲の母や義妹である真咲と共通する、生まじめ女の系譜に、まったく違和感なくくくられるタイプなのには、蝶子は感心してしまった。異質なキャラクターのまじらない均一、同質の一族といった趣《おもむき》で、それは真咲の兄のふたりの息子についても言えた。

その見方からすると、北畑は、あきらかに異質だった。真咲の彼氏きどりで、ぴったりと真咲のそばにくっついている北畑にそそがれる真咲の兄夫婦のまなざしは困惑というしかなく、北畑の持ち味のエロっぽさは、とりわけ葬儀の席では浮きまくっていた。不似合いなこと、このうえなかった。

しかし、真咲は、母の死によってすべての重圧から解き放たれたような迷いのない表情をとりもどし、正気に返ったのか、まとわりつく北畑をうるさがっているようにも見えた。

母親がこうなるまでのあいだに、さまざまな場面で泣きつづけてきたに違いない真咲は、人前でほとんど涙を見せなかった。そうした真咲に対し、列席者のなかから「なんて冷たい子なんだ、親が死んでも泣きもしない」といった無責任きわまりないささやきが聞こえてきたときは、蝶子は思わずその声がしたほうをにらみつけたものだ。

帰りの電車のなかで野利子がだれに言うともなく、

「だいじょうぶよ、真咲ちゃんは。まだ三十二でしょ。やり直す時間はたっぷりある。真咲ちゃんはいくらでもそれができるひとよ」

とくりかえし言っていたのが印象的だった。真咲は昔から野利子のお気に入りで、あるいはじつの娘の綾音よりも心情的に近いものを感じているのかもしれなかった。

野利子の予想どおり、真咲は、それから二ヵ月後、蝶子たちの住む街にもどってきた。以前に住んでいたアパートの部屋は、実家に引きあげる際に引きはらっていたため、とりあえず「桜ハウス」の二階の空いていた一室に引っ越してきた。N街の母親が暮していた持ち家は、兄とも相談し、処分することにしたのだという。もうたっぷりと老朽化している家であり、さらに住む者もないまま放置しておけば、廃屋になるしかなく、それならいまのうちに処分しようという判断だった。

真咲は、かつての勤務先のつてを頼って、正社員とはいかないものの、アルバイト先を見つけてきて、さっそく働きだした。半月と遊んではいなかった。

その一方で、北畑との仲が清算できずに困りはててもいた。母の死をきっかけに急速に熱がさめ、関心を失った真咲とは反対に、北畑は「ぜったいに別れない」と言い張り、「自分もそっちに引っ越す」とまで言いだしていた。

「そんなの相手にしなけりゃいいのよ。ほっときなさい」

と綾音はことなげに言い放つけれど、真咲はそのたびに言い返す。

「いえ、きちんと話しあって彼とも納得ずくで別れたいの。それがかかわった相手へのマナーってものだと、私、思ってるから」

「マナーを大切にしてたら、男なんかとは別れられないわよ」

「私は綾音さんとは違いますッ」

蝶子は傍観者に徹していた。真咲と北畑の関係は、いずれこうなるだろうという予測があたっていたという、隠微で、ささやかな満足感と、男女問題ははたからとやかく言ってもむだという処世訓からの沈黙だった。それに一方が別れたいと決意した以上は、その関係はそのうち必ず破綻するといった過去の経験や見聞きから確信してもいた。

遠望子もずばりと言った。

「人生における使いすての女とか使いすての男って、あるんだよね。もちろん、ほめれたことじゃないけど、そのときどきに、ほんとに必要だったはずなのに、そのときがすぎてみると、ぜんぜん大事じゃない相手。あ、誤解のないように言っとくけど、私は、使いすてする側じゃなくって、どっちかと言うと使いすてにされる側だったな。いまになって思うと」

その場にいた三人は、はなっから誤解などしていなかった。言われるまでもなく、遠望子は使いすてにされる側とわかっていた。

真咲がどうにか北畑と別れられたのは、その年も押しせまった暮れのことである。手切れ金がわりと考えて、前から彼がほしがっていた腕時計をクリスマスプレゼントしたのが功を奏したようだった。

しかし北畑との長びいた別れ話のもつれは、母親を失った真咲の哀しさや淋しさ、つらさ、後悔などといった思いを、いくらか薄めてくれるのに役立っていたのではあるまいか、と蝶子はひそかにそう見なしていた。北畑とのうんざりするようないざこざがなければ、喪失感とまっこうからむきあう羽目になり、はたして真咲はこうも早く立ち直ることができただろうか。

「彼がねッ、ようやっと別れをＯＫしてくれたのよッ」

と報告を受けた翌日の夜、「桜ハウス」には緊急集合の声をかけられた四人がつどい、シャンパンで乾杯をした。

それは真咲が北畑と円満に別れられたのを祝しての乾杯を装いつつ、真咲の再スタートを願うピンク・シャンパンでもあった。

流れてきた男

八月も下旬にさしかかった土曜日の朝、蝶子は自室のベッドでパチリと目をさました。サイドテーブルの上の、おもちゃみたいな小さな置き時計を手にとってみると、七時ちょうどである。

勤めのある平日なら、ここでベッドからはなれるところだけれど、きょうは二度寝のできる土曜日だった。

いくら眠っても寝足りず、しかも、すこぶる寝起きの悪かった十代二十代のころとは違い、四十代後半となったいまでは目覚し時計はほとんど必要がなかった。

長年の日課である七時起床は、もはや体内時計に組みこまれているようで、まず寝すごすことはない。

それでも長いあいだの習慣で、つい二、三年前までは毎晩必ず目覚しをセットしていた。ところが目覚しが鳴る前に目をさましてアラームのスイッチを切る、というのがくりかえされるうちに、ようやく蝶子はふんぎりがついた。

二十年近くも使ってきた目覚し時計は、とりあえず納戸《なんど》の棚にしまいこまれ、かわりに腕時計サイズの小さな丸い置き時計を新調した。その銀色のミニサイズが気に入って買い、いまだに気に入っている。

古いほうの目覚しは、形も色も、いかにも無骨《ぶこつ》で、おしゃれでなく、じっと見つめていると、なぜかいまいましい気分になってくる代物《しろもの》なのだが、すぐに捨ててしまうのはしのびなく、それでいったんは納戸の棚に移したのだった。

それが納戸からだされて使われることはもう二度とないだろうし、いつのまにか忘れ去って思い出しもしないのはわかっているのに、その場であっさりとゴミ袋のなかに投げこむのは、どうあってもできなかった。

目覚しだけではない。

すでに不要のもの、けっして二度と使うことはない、もういらない、と見切りをつけた衣類だの、食器だの、アクセサリーだのといったものが納戸にはつねにしまわれていた。

それらは日ごろはきれいさっぱりと記憶から抜け落ちているのに、用があって納戸の戸を開けるたびに目に入り、蝶子の心を打つ。モノたちは無言のうちに言っていた。

あたしたちを捨てたのね。

あれだけ愛してくれてたのに。

やっぱり、そうなんだ。

そういうひとなんだ、あなたは。

おれたちを使うだけ使っといて。

この理不尽《りふじん》な罪悪感は一体どこからくるのか、と蝶子自身とまどい、うろたえ、しかし次には、

（なんで私がこんなことで責められなくちゃならないのか）

とむかっ腹を立てて、勢いよく納戸の戸を閉めるのが、いつものことだった。

ただ年に一回の年の暮れの大掃除の時期に、遠望子や真咲、綾音などが納戸をのぞいて、蝶子の不用品をもらっていってくれるのは大助かりで、そのときようやくそれらの品々から許しをえたような心地になる。特に遠望子はリサイクル品が大好きで、ここぞとばかり、なんでもかんでも持っていってくれるのはありがたい。

蝶子の納戸から持っていったリサイクル品を、遠望子はさらに同居している姉夫婦などにも分配しているのだとうれしそうに語ってもいた。シングルマザーの遠望子は、娘の万里花の世話を、姉夫婦に全面的に見てもらっているのである。

その万里花も、この春、小学生になった。

そして先月の七月で、真咲の母親が亡くなってまる一年がすぎた。

けれど、おととしの春にお払い箱にし納戸の棚に追いやった目覚し時計は、いまだに

引き取り手もなく、そこにほうり置かれたままだった。プラスチック製にしては重すぎるし、大きすぎて嵩張《かさば》るし、さらに紫色という大胆な色合いが、見る者をひかせてしまうようだ。

蝶子にしても、二十年近くも前の自分が、そのときどういった心境で紫色の目覚しを選んだのか、まるで理解できなかった。それが紫色をしているとあらためて発見したのは、お払い箱にしようと決めたときで、その日まで目覚しがどんな色をしているかなど、まったく眼中になかったのである。ただ言えるのは、蝶子のこれまでの人生で、その目覚し以外に、その手の紫色を生活の場に加えたことはいっぺんもない、ということだった。ひと口に紫色と称しても、目覚しのそれは僧侶《そうりょ》の袈裟《けさ》を思い出させる紫なのだ。

おそらく、何かトチ狂って買った紫色の目覚し時計だったに違いない。

もしかすると、そのころチラッとつきあいかけていた男と一緒に買いにいき、男がすすめた色合いで、蝶子としては男の気をひきたい一心で買ったのかもしれなかった。

といって、その男がだれであったか、名前はもちろん顔も思い出せないのだけれど、一緒に買いにいかなかった、とは断言できない最近の蝶子でもあるのだ。

物忘れがひどいのである。

しかも若い時分はまさかありえないと思っていた、つきあった男を忘れる、というおそろしい現象も、このところ、ひんぱんに起きていた。

深いつきあいのあった男たちは、とりあえずは苦《く》もなく思い出せるのだが、浅いつきあいだった男たちは、はたしてどの程度の浅さだったのか、すぐにはよみがえってこない。

手を握ったことはありかなしか、キスまでいった仲なのか、それともベッドを共にした間柄なのか。さらにそのベッドの回数は一回ぽっきりか、三回ぐらいまではいったのか、もしくはそれ以上の回数だったのか。

八月下旬にさしかかった土曜日の朝、蝶子が二度寝の夢とうつつをさまよいながら、紫の目覚しや、男たちとの関係にとろとろと思いを馳《は》せていると、閉じたドアのすきまから、コーヒーのかぐわしい香りが流れてきた。

ああ、いいにおい……。

夢と現実が渾然《こんぜん》一体となった半覚醒の状態で蝶子はその香りを大きく吸いこみ、その嗅覚の陶酔の頂点で、はじけるように思いいたった。

久樹《くき》さんだ。彼がコーヒーをいれてくれている……久樹連次郎《れんじろう》……桜ハウスの客人にして桜ハウスみんなのアイドルである久樹さん……。

蝶子はふたたびパチリと目がさめた。

目ざめても、夢うつつのなかで味わった陶酔感と幸福感は少しも色あせていかなかった。

久樹連次郎が桜ハウスの客人となってから、かれこれ三週間がたつ。

年のころは五十歳から六十歳のあいだのようだが、だれも正確な年齢は知らないし、知ろうともしなかった。だれにとっても結婚相手とは見なしていないのだから、実年齢をつきつめる必要はないのである。

身長は、蝶子と並んでもそう差はない。多分、百六十センチから百七十センチのどこかに当てはまる。贅肉《ぜいにく》がいっさいない体つきは、冬枯れした枝を連想させた。

しらがまじりの頭髪は五ミリほどの短さに刈りこまれ、鼻の下から顎のぐるりを囲むひげも、頭髪とそろえた短さで、そこもやはりしらがまじりなため、柔和な品のよさがかもしだされている。

頭や顔のまわりを飾るしらがの短く光る銀色が、こんなにも男の外見にやさしさや知性を付加させるとは、久樹をまのあたりにして、蝶子たちはしらがというものを見直さずにはいられなかった。もちろん、しらがの銀色のアクセントの前に、当人の人格やら知的レベルのそこそこのベースがあってのことだけれど、そのベースがまるきり欠如している場合でも、しらがの銀色には男たちを賢者に見せるマジックがある、と蝶子たち五人の見解は一致していた。五人というのは綾音の母の野利子もふくまれる。

そもそも久樹連次郎が桜ハウスの客人となりえたのは、野利子が田舎からでてきたとき用に自分の部屋として借りている一室を、気前よく久樹に無料で提供したからだった。

「わかりました、久樹さん、私の部屋をお使いくださいな。お気のすむまでいらっしゃるといいでしょう。かまいませんわね？　蝶子さん。はい、お家賃はこれまでどおりに、私持ちということで」

くわしくはわからないものの、久樹は野利子の昔からの知りあいらしかった。

二階に三室あるうちの一室は、十年以上住みつづけている綾音が、もう一室は昨年母を亡くし、それまでの仕事も辞めてしまっていた真咲が七、八年ぶりにもどってきて使っていた。真咲としては、あくまでも仮住いのつもりらしかったけれど、それがもう一年になる。

そして野利子がキープしていた最後の一室が、久樹に与えられたのだ。

三週間ばかり前の週末、蝶子たちが久しぶりに自宅の飲み会ではなく街の居酒屋にくりだした際、約束の時刻より一時間遅れで到着した野利子のうしろからついてきたのが久樹だった。

先にはじめていた蝶子たちは、すきっ腹に飲んだ乾杯のビールやらワインやらがきいて、すでにほろ酔いだったこともあり、予定外の飛び入りの久樹を大歓迎した。それに野利子が自分の知りあいをつれてきたのは、はじめてのことでもあった。

初老の久樹のいでたちは、渋いボーダー柄のTシャツの上に迷彩柄のパーカを重ね着し、ジーンズは見るからにはきこんだもので、その下からのぞく素足には、なめし革の茶のサンダルをつっかけ、テント地でできた大きなショルダーバッグとなんのロゴもマークもついていない黒っぽいキャップといったものだった。

その年齢にしてはラフすぎて、こっちが肩すかしをくらいそうなその恰好《かっこう》に、まず蝶子たち全員の好奇心がいたく刺激された。

どれひとつとってても長く愛用しているとひと目で見当のつくヨレ具合なのに、全体的には妙に清潔感にあふれていた。

つまり、ひどく似合っていて、おしゃれなのである。

ふだんは初対面の相手の第一印象をその場で口にするのは失礼なことと、いたって慎重な真咲までもが、いくらかうわずった調子で、蝶子の耳もとでささやいた。

「カッコイイおじさんだこと」

遠望子もぼそりとつぶやいた。

「いい感じ」

しかし、そういった服装も別に若づくりとか、イキがっているとは見えないのは、どのパーツも、すでに相当使いこんでいるヨレ具合が、久樹のもう若くはない、つやも張りも失せたローソク色の和紙に似た肌に、しっくりと馴《な》じんでいるからだろう。

さらに久樹がしゃべりだすと、好感度は一挙にアップした。ラフでくだけた服装が、そのとたん、ものすごく粋《いき》に見えてきた。

「あたしがお仲間にまじって、よろしいんでしょうか。おじゃまなら、すぐに退散いたしますので、遠慮なくおっしゃってください。遠慮、すなわちストレスになりますんでね」

かすれ声のまじった、いくらか低めのトーンの深い声質だった。けれどその口舌《こうぜつ》は、胸がすくようにあざやかで、おそらく彼の性格もそうに違いないとまで思わせる、明るさとテンポと切れのよさの三拍子がそろっていた。

綾音がとっさにきいていたぐらいだった。

「失礼ですけど、あのう、噺家《はなしか》さんとか、そういうお仕事でも？」

久樹は楽しそうに「ハッハッハ」と笑い、

「うれしいなあ。そんなふうに見られるなんて。いえ、あたしはごくふつうの年とった男です。これまでやってきたのも、ごくごく平凡な人生ですしね」

と、さらりと言ったものである。

久樹のしゃべりには、独得の味があり、思わず聞き惚れてしまうニュアンスがじんわりとちりばめられているのだけれど、彼自身はしゃべり手よりも聞き役にまわるのが性分にあっているらしかった。それとなく話を相手に振るのがうまく、気がつくと女たち五人は順番に自己紹介めいたことを久樹にむかって語っていた。久樹とは旧知の間柄のはずの、しかもめったに弱音は吐かない野利子まで、聞きようによっては愚痴と紙一重の、そうした身辺報告をしはじめていたのだから驚く。

つい思わず知らずにこっちが多弁になってしまうのは、久樹がたぐいまれなほどに聞き上手なためだった。的確なうなずき、だれかが話しているあいだは無言で余計な口をはさまない誠実な姿勢、けっして相手の話の腰を折らない根気、といったものが、しゃべり手の側に伝わって、どんどん心をほぐしてくれるのだ。ほぐされた心は、さらに素直に、正直にひらかれていく。

久樹は酒に強かった。

ワインでも日本酒でもウイスキーでも焼酎でも、すすめられるにまかせて、辞退ということをしない。どの酒に対しても「うまいですよね。いいなあ、これは」とほめことばで迎え、実際にどの酒もうまそうに飲む。それがまた、口先だけの調子のいい男ではない、という蝶子たちの暗黙の、すみやかな評価を引きだしてくる。

居酒屋には四時間ほど長居をした。

久樹をまじえたその夜は、だれもが気持よく機嫌よく酔い、そして、だれが言いだしたのか一団は、二台のタクシーに分乗して桜ハウスにむかったのである。

あとから考えると六人とも、かなり酔っていたための行動だったのだが、そのときは酔いの自覚はなく、ただただ楽しさを長びかせたいという子供っぽい思いにとりつかれていた。

二台のタクシーのうち一台は、途中でコンビニエンスストアに寄って、酒やつまみやアイスを大量に買いこんでもきた。

桜ハウスに場を移してからも、盛りあがった座の空気はしぼむことなくつづいた。皆からのリクエストで、蝶子などは冷蔵庫のなかのありあわせの野菜や肉の切れはしで、具だくさんのけんちん汁をこしらえたりもした。それは大好評だった。鍋はからっぽになっていた。

深夜、タクシーを呼んで帰っていった遠望子をのぞいたあとの五人は桜ハウスで寝についた。

野利子の部屋は久樹にあけわたし、野利子は娘の綾音の部屋で寝た。

翌日の日曜日の遅い朝、パジャマ姿のすっぴんで起きてきた女たちは、一階のキッチンつづきのリビングのテーブルの上に、パンとコーヒーとサラダといった朝食が用意されているのに目をまるくした。

「おはよう」

と明るいあいさつとともにキッチンからフライパン片手の久樹がでてきたとき、女たちのうちにたじろいだり逃げだしたりする者はなく、まるで申しあわせたように、つるりとむきだしの素顔を彼にむかってほころばせていた。

「おはようございますッ」

そうやって久樹が桜ハウスの客人となって三週間がたった。

こうばしいコーヒーの香りに誘われて、蝶子がパジャマのままダイニングに入っていくと、久樹は楕円形のテーブルの前で新聞をひろげていた。

手にしているマグカップは、もう何年も前から蝶子が飽きて使わなくなっていたカップである。久樹はそれをキッチンの食器棚の奥から見つけだし、蝶子の許可をえて自分用のマグとして愛用していた。

いったんはいらないものとして食器棚の奥に、自分の目のとどかない場所に追いやったマグなのに、久樹が自分用にと、さも大切に扱っているのを見るたびにとりかえしたくなってくる。久樹の手のなかにあるマグは、急にすばらしい付加価値のある貴重なお宝のように思えてくるのだ。

マグだけではない。

久樹がこの家で使っている日用品のほとんどは、どれもこれも蝶子が「いずれ処分するけれども、いまはとりあえずとっておく」とした、食器棚や納戸にしまわれていた不要品グループからピックアップされてきたものだった。

そして、久樹がそれを使いはじめると、まるで魔法の粉をまぶされたみたいに、それらのリサイクル品は、突然に輝きだす。少なくとも蝶子には輝きだしたように見える。そのたびに蝶子は胸のうちで舌打ちをする。なんで私はあれの良さに気づかなかったのか、と。

桜ハウスの客人となってからずっと久樹が愛用しているマグも、そうとなって以来、蝶子はうらやましくて仕方がないのだ。いつかはとりもどしてやると、妙な闘志を燃やしていた。そして、そんな幼稚なところが、四十代後半になった自分に残っていたのが意外でもあった。

「久樹さん、おはよう……」

「あ、起きてきたね。コーヒー、飲む？」

「うん、いただく」

「コーヒーの粉、これまでのと変えてみたんだけど、こっちもわりとイケる。しかも前のより安いんだからねえ。値段が高けりゃあ、おいしいってもんでもないってのがここでもまたわかったよ。べらぼうに高いのは別として、十円から百円ぐらいのあいだの違いなら安くても十分だって、最近つくづくそう思うんだ」

これといった話しあいをしたわけではなく、日中勤めのある蝶子にかわって、一日中ひまな久樹が家事のあれこれをやってくれていた。掃除や日用品の買いもの、タオル類を中心とした蝶子のプライバシーにふみこみすぎない範囲内の洗濯、ちょっとした料理などである。

ただし、気のむいたときだけする子供の手伝いみたいなものだから当てにはしないでほしい、と久樹ははじめにやんわりと釘をさしてきていた。

とはいえ、客人となってのこの三週間、久樹は蝶子への気がねもあってか、掃除も洗濯も毎日してくれていたし、冷蔵庫のなかは、つねにほどよく食材が買いととのえられていた。勤め帰りの蝶子がスーパーマーケットに寄らずに自宅にまっすぐ帰ってきても、冷蔵庫のなかのもので数品の料理の皿はできあがるぐらいに、それは目くばりのいきとどいた食材のそろえ方だった。

久樹は料理の腕もなかなかで、凝った料理はできないと言いつつも、いわゆる家庭料理の煮つけとか酢のもの、あえものなどは、へたをすると、ひそかに料理上手を自負していた蝶子の鼻をへし折るような出来栄えだった。

「久樹さんは料理人さんとかのお仕事やってたことあるの？」

蝶子の手前、手放しに彼の料理を絶賛するのもはばかられたのか、綾音が遠まわしにそうきいた夕食のときがあった。思わずそうききたくなった綾音の気持は、蝶子にもよく理解できた。そのぐらい、そのときテーブルに並んだ三品のお惣菜《そうざい》のおいしさは格別だったのである。野菜のきんちゃく煮、ワカメとイカとキュウリの酢のもの、ゴボウの天ぷらは、どれも久樹がこしらえた。ゴボウの天ぷらは、蝶子の帰宅を待って、彼が揚げてくれたのである。その夜真咲はいなかった。

綾音の質問に久樹はかすかに頬を赤らめた。何事にも淡々として力《りき》まない久樹なのだが、たまに蝶子たちとはいくらかずれた羞恥心《しゅうちしん》が働くところがあった。蝶子にはまるで想像できない恥の感覚が、久樹にはあるらしい。そのときも彼がなぜ顔を赤らめたのか、蝶子は最後までわからずじまいだったし、綾音も目のなかに「？」マークを宿した顔つきをしていた。

「料理人なんて、とんでもない。本物の料理人が聞いたら、あたしなんぞ怒られちまいますよ」

「でも、ものすごくおいしいんだもの、このどれもが」

蝶子だけでなく、綾音も久樹の前では少し幼稚になる、とそのとき気づいた。物言いが、どことなく甘えっ子ふうなのだ。

「うれしいね、綾音ちゃんにそう言ってもらえるのは」

「あら、私もよ。私もおいしいって思ってる」

と蝶子も負けじとそう言っていた。なんてトシがいもなく、みっともないと、あとで反省したのだが、その瞬間はやけにむきになっていたのだ。

「いやあ、あなたたちにそう言ってもらえると、あたしも本望このうえない」

「久樹さんって、すごいよね。なんでもできちゃうんだもの」

「あのね、人間長くやってると、しかも、ひとりでなんでもやらねばならないと、しぜんとやれるようになるんだよ。ただそれだけのこと」

「久樹さんは結婚したこと、もちろん、あるんでしょう？」

「おやおや、話はそっちにいくのかい。結婚らしきことはしなかったわけでもないけどね。いや、よそうよ、あたしの話なんかは。つまらないだけだ」

「私は聞きたいな」

「悪いけど、あたしは自分自身に興味がなくてね。というか、どこかで自分にうんざりしているというか」

「へえ、そうなんだ」

「ある程度のトシになったとき、急にぱたりと自分に興味も関心もなくなっちゃったよ、どうしてかわからないけどね。きっと長く人生やってるうちに、自分のことなんかどうでもよくなっちゃったんだろうな、つまんないやってね」

　食材や日用品などの買いものに必要ないくばくかのお金を、久樹にじかに手わたすのも抵抗があり、久樹が桜ハウスの客人となって三、四日たった日の出勤前、蝶子は封筒に入れたそれをテーブルの上に置いておいた。帰宅すると、スーパーマーケットのレシート数枚と残金をおさめた朝と同じ封筒がテーブルの上に置かれていた。

　その日夜もふけてから、蝶子はチョコレートの入っていた四角い文庫本サイズの黒い箱を納戸から持ちだしてきた。あんまり造りがきれいな箱のため、とりあえずは捨てずにとっておいたのだ。

久樹は真咲と大きな楕円形のテーブルにつき、真咲はハーブティーをすすりながら、しきりと久樹に話しかけ、一方の彼はといえば、綾音に頼まれたフリルいっぱいのブラウス三枚のアイロンがけをしていた。一枚につきいくらという、綾音から持ちかけた久樹の内職である。

「久樹さん」

とパジャマ姿の蝶子はさりげなくきりだした。

「この箱に生活費を入れて、このテーブルのすみに置いとくわね。必要なときはここから使って」

それから真咲にも言った。

「あのね、真咲ちゃんたちも協力お願いね。桜ハウスみんなのプール金と思って、自分たちがごちそうになった手料理代とかお茶代とか、この箱にそのつど入れてくれると助かるわね」

「どのくらい？」

「さあ、それはなんとも。あなたや綾音さんの判断にまかせる。良識にそって判断して」

途方にくれた表情になった真咲は、すかさず久樹にすがりつくようなまなざしをむけた。いかにも甘ったれた目つきだった。

「久樹さん、どうしよう……」

天性の色気にあふれた綾音ならまだしも、折り目正しい性格の真咲までこうも久樹に甘えるのか、と蝶子は自分のことは棚にあげ、久樹を真咲に横取りされてしまったような嫉妬心からつかのまカッとしたものの、そのただならぬ瞬時の気配を読んだに違いない久樹は、真咲に答える前に、まずは蝶子ににこやかに言った。

「食事一回につきいくらとか、おおよその目安は、一度みんなで話しあって決めたほうがいいかもしれないね。良識にそってって言い方は、真咲ちゃんたちの年代のひとには、まずむずかしいんじゃないかな。いや、だいたいが蝶子さんはあたしたちシニア世代でも知らないようなことばまで知っているという物知りだからね。かなわないよ。なあ、真咲ちゃん」

真咲と蝶子のどちらの顔も立てようとする久樹の配慮と機転と、そして、とっさの口のうまさに感心しつつも呆れ、呆れながらも、まんまと彼のペースにはまっていくのが、けっしていやではない蝶子だった。

……キッチンから久樹がコーヒーをいれた蝶子の厚ぼったい白無地のマグを持ってきた。朝のコーヒーには砂糖もミルクも使わない蝶子の好みはとっくに承知している。蝶子自身はそれを言ったおぼえはないのだが、久樹は聞いたと言い、そうした物おぼえのよさと相手の好みをすばやくつかむ勘のよさからすると、接客業とかサービス業の経験も久樹にはありそうだった。いや、もしかすると彼の場合は、やったことのない仕事を挙げたほうが早いかもしれない。先日などは小さな刷毛《はけ》を手に綾音の長い髪のカラーリングまで手伝っていた。

わたされたコーヒーをひと口すすり、なるほど久樹の言うとおり、これまで使っていたコーヒーと差がないのを知った。

「ほんとだ。おいしい、このコーヒー」

「でしょう?」

自分のマグに二杯目をついで、ふたたびキッチンからもどってきた久樹が自慢するふうでもなく、あいづちを返してきた。

楕円形のテーブルをはさんで椅子に腰かけた久樹に、ベランダのガラス戸からの夏の朝の陽ざしがまともにふりかかり、彼はまぶしそうに目をほそめた。陽ざしの強さに辟《へき》易《えき》するのではなく、むしろ全身に陽ざしをあびるのを楽しむ目のほそめ方だった。なんとなく陽なたぼっこをする猫を連想させた。

ふんだんにそそがれる陽ざしのなかで、久樹の短く刈られた頭髪や顎のぐるりを囲むひげにまじるしらがが、キラキラと銀色に光っていた。よく見ると、ひげと頭髪はしらが一色ではなく、白とグレーと、やや濃いめのグレー、そして黒の四色にざっと色分けできるものの、さらに何色とも言いがたい微妙な色合いがこまかくまじりこんでいる。

思わず知らず蝶子はうっとりと見とれていた。

(きれいだなあ、なんていい色合いなんだろう、シックで、渋くて)

またそのときはじめて久樹の頭髪もひげも、つねに一定の長さに保たれているのに気づいた。彼が桜ハウスの客人となってから三週間になるのに、頭髪もひげも、三週間前と同じ長さのままである。三週間のびなかったなどという、そんなはずもない。

「久樹さん、それって」

と蝶子は自分の顎まわりに手を走らせた。

「お手入れをしているんでしょう?」

「グルーミングは日課ですよ。小さなハサミをこちょこちょと使ってね。せめてそのぐらいしていないと、それでなくても年寄りは汚らしく見えるのに、もうどうしようもないジジイに見えるもの。おしゃれというより身だしなみ。それと女のひとのお化粧と一脈通じると思うけど、グルーミングの楽しさもあってね。ひまつぶし、というか、あってもなくてもいいんだけど、それがあるおかげでちょっとした退屈しのぎになる」

「いつからそのスタイル?」

「いつからだったかなあ。頭の毛が薄くなりだしたころからではあるんだよ。毛がどんどん抜けていくのにさからったって仕方がないんで、この際、短く刈っちまおうと。そのほうがハゲが目立たないしね」

「一大決心だった？」

「いや、若いうちから覚悟はしてたんだ。うちのおやじもじいさんも、伯父たちも、みんな四十前後でハゲていく家系だったから、そのとき自分はどうするか、と」

「男のひとも大変ね、髪のことでは」

「まあね、生半可《なまはんか》な美意識があると、許せない自分ってのもあるからね」

「ふうん」

「たとえばいま言ったようなハゲに対する見解とか、女性とのつきあい方をどのように変えていくかとか」

「つきあい方を変える？」

「ほら、最近よく言われているＥＤとか」

「イーデー？」

「勃起《ぼっき》障害とか言ってるよね、日本語では」

「ああ」

久樹があまりにもあっけらかんと言うので、蝶子はどぎまぎするひまもなかった。

「バイアグラに頼ったり、男によっては深刻な悩みだったりもするからね。特にそっちのことを重視するっていうか、セックス好きな奥さんを持っている亭主なんか、ほんとに涙ぐましいぐらいだったよ、あたしの友だちにもいたけどね」

「へえ」

「しかし人間ってのは、なんと言うか即物的なものでもあるよねえ。その友だちはバイアグラをのんで、どうにかコンスタントにできるようになったんだけど、こんどは奥さんがくっついてはなれなくて、これがうっとうしい。亭主の浮気が心配だと言ってね」

「でもバイアグラでしょう。バイアグラをのんでまで浮気したいわけ？」

「人間は愚かな生きものだからね。EDとかさわぐのだって、若い男ならわかるけど、いいトシをした年寄りがさわぐのはどうなのかねえ。年寄りはみんなEDなのに。年とってオトコが起《た》たなくなるのは、あたりまえのことさ。けどいまの世のなか、永遠に若くないといけないっていう風潮だからね、おっちょこちょいの年寄りは、そういう風潮に踊らされてる」

その見方には蝶子もまったくもって同感だった。ひとはトシとともに賢くなるわけでもなく、いや思考力や判断力の衰えのせいか、若者よりずっとおっちょこちょいの年寄りもわんさかいる。

久樹の真っ正直さにつられて、蝶子もつい口をすべらせてしまっていた。

「久樹さん自身はどうなの？　バイアグラ関連のほうは」

「自分で言うのもなんだけど、あたしはもう安心無害な男だね。男としての脂っこい部分は、もうきれいさっぱりと、どっかへいっちゃったよ。だからこうして蝶子さんたち妙齢のチャーミングな女性たちの住いに居候させてもらえている」

「居候だなんて、私たちはお客さまと思ってるのに」

「ありがとう。うれしいね。そういう思いやりがいちばんグッとくるよ……いや、だからね、あたしがまだ男のビンビンの現役なら、そっちのほうが先走っちゃって、とてもこんなふうにみんなとなごやかには暮せないってこと。欲望と妄想とその葛藤《かっとう》にくたくたになって。ま、一日で逃げだしていたな。まちがいなく、そうなってた。けど、あたしは、ほら、もうとっくにおばさん化してるから」

「私は日いちにちとおじさん化していってる……」

と言ってから蝶子は、あらためていまの自分の恰好に目をやった。

「だって、これよ、パジャマ姿。安心無害とはいえ、一応、久樹さんだって男性なのに。ごめんなさい、失礼よね」

「いやいや、それぞれがむりをしないで、やりたいようにやるってのが、共同生活をつづけるうえでのポイントじゃないかな。あたしもここで好きなようにやらせてもらってるし」

確かに久樹はいつだって機嫌よく日々をすごしているようだった。

蝶子や綾音、真咲が勤め先のトラブルとか、寝不足とか、疲れのために、口かずも少なく、むすりとした仏頂面《ぶっちょうづら》でいるときも、その様子がわからないはずはないのに、彼はそれにはおかまいなく、いつものペースでどんどん勝手に話しかけてくる。顔色をうかがって「どうしたの？」ときくこともなければ、腫《は》れものにさわるように神経をとがらすのでもない。まるでそうしたことには気づかないかのように、明るく、楽しげな口調で接してくるのだ。

そうされているうちに、たいがい蝶子たちの不機嫌はしぜんと消えていってしまう。久樹のいつもと変らない調子の、そのペースに乗って、気分が更新されているのだった。

久樹のそうした生活の智恵とも言うべき態度をまのあたりにし、蝶子はおおいに勉強になった。それは同居生活のみならず職場や他の人間関係にも当てはまる智恵で、つまりは、雑で鈍感なのはともかく、不必要に気をつかったり、気をまわすことは、むしろ一緒にいる相手を疲れさすことになりかねない、ということである。相手が胸にかかえている屈託に気づいても気づかないふりをして、ほうっておく。ほうってはおくけれど、それとなく注意して見守る。そうするうちに、相手の機嫌もなおっていく。

同時に、男たちがキャバクラなど、若くてキャーキャーとノーテンキなことを言うのが仕事と心得ている女の子たちが多くいる所に足をむける気持が、ここにきて、なんとなく理解できなくもなかった。さまざまなストレスに圧《お》しつぶされそうになったとき、それについてカウンセラーみたいにたずねるのではなく、まったく無関心で、まったくどうでもいいことをぺらぺらとしゃべってくれること自体が、おそらく男たちのこわばった神経をほぐし、癒してくれるのだろう。

女はばかでいい、というある種の男たちの差別発言も、あるいは、自分が男であることが、すなわちそのままストレスになっている男たちからしぼりだされた肉声なのかもしれなかった。女と違って男なのだから、と幼い時分からつねに上昇志向を持つよう言われつづけてきた男たちの。

蝶子の手にしていたマグの中味がからになりかけているのに、久樹は目ざとく気づき、

「おかわりは?」

とうながしてきた。本当に気のつく男だった。

「いいえ、もう十分」

「そう」

ひと呼吸はさんでから、久樹が言った。

「あすの夕食に遠望子さんを呼んでもいいかな」

「いいも何も彼女はしょっちゅうきてるじゃない」

「ま、それはそうだけど、あたしに相談ごとがあるって言うんで」

「へえ、なんの相談だろ」

相談とはことばのあやで、遠望子はじっくりと久樹をひとりじめにして、おしゃべりがしたいだけなのだろう、と蝶子は想像した。

桜ハウスでは、必ず蝶子たち三人のうちのだれかがいて、久樹とふたりきりで話すことはほとんど不可能だった。それで遠望子は、相談、の口実を思いついたのだろう。

「だからあすの夕飯は炊きこみごはんでもしようか、と」

「あ、うれしいな。ね、多めに炊いて。あまったらおむすびにして海苔まいたのも、私、大好きだから」

「遠望子さんも同じこと言ってたよ。多めに炊いてくれって。で、残ったら、おみやげにほしいってさ」

「ま、ずうずうしい」

そのとき、リビングの入り口のほうから寝ぼけ半分の声がした。

「おはようございます」

「久樹さん、おはよう、蝶子さんも」

二階からおりてきた綾音と真咲だった。

ふたりとも蝶子と同じく寝起きすぐのパジャマ姿で、髪の毛も見事に四方八方にとびはねている。いわゆる百年の恋も一瞬にしてさめるようなひどさだった。

けれど久樹は蝶子にもそうしたように、いたってにこやかにふたりを迎えた。

「コーヒー、飲むよね？」


翌日の日曜日の夜七時すぎ、桜ハウスのリビングにはメンバー全員が顔をそろえていた。

綾音の母の野利子まで急に加わったのは、きのうの夜に綾音の電話で、この集まりのことを聞いたからだという。野利子が夫と暮す田舎町は、ここから車で二時間の距離である。

「ここ十日ほど久樹さんにもお会いしてませんでしょう。綾音からみなさんが集まると聞かされたとたん、私、もう矢もたてもたまらずに、でかける仕度をしてました」

久樹の目を意識してか、最近の野利子はこれまでにもましておしゃれに力が入り、口紅の色が濃くなり、カラーリングされた髪はさらに手のこんだ複数の色が微妙に使われるようになっていた。

ひとことで言うならケバい。しかし、そのケバさは、年下の蝶子たちがどう逆立ちしてもかなわない清潔感のある不可思議な妖艶さをかもしだし、ケバいけれど、野利子はきれいだった。品のよさはくずれていない。

といって野利子が久樹に対して恋心をいだいているのかというと、そうでもないのだった。

なるほど久樹の前にいる野利子は、ふだん以上に微笑をたやさず、うきうきと楽しげではあるものの、どう意地悪く目を光らせても、そこに色恋のにおいはない。また久樹の前にいると楽しげなのは野利子にかぎったことではなく、蝶子たち全員がそうだった。野利子の久樹への心のときめきは、たとえて言うならひところ大ブームになった韓国の男優に対するこの国のおばさまたちの熱狂ぶりに通じるものかもしれなかった。

身近にいる生身の男性との恋愛は、この年齢では、重くてうっとうしい。けれど娘時代にまいもどったような心がときめく快感は、やはりいいものだろうなと、あきらめ半分でそう思っていたところに、まるで天からの授りもののように、ちょうどぴったりの人物があらわれた、ということではあるまいか。

久樹と野利子は旧知の間柄らしかったが、その昔ふたりの関係はどういったものだったのか、いまだに野利子は語ろうとはしなかった。娘の綾音も知らないという。

しかしふたりは恋人同士ではなかった、という点は、蝶子たち四人の一致した見方だった。というより、そもそも色恋まじりの関りではなく、友だちの友だちとか、そういうごく淡い、つまり顔見知り程度のものだったのではなかろうか。

なぜかというと、親の恋愛に目と耳と鼻までもとぎすまし、どうにかしてアラを探そうとでもしている子供たちのような蝶子たち四人の観察からすると、久樹と野利子がかわしあうまなざし、ほほえみ、そしてことばのはしばしにも、親密な、もしくは親密だった男女が思わず知らずにこめてしまう深層心理的な恨みつらみのニュアンスが、まったくないからなのだ。その場に漂う空気は水のようにさらさらしている。

それに、若い時分からきれいだったに違いない野利子だけれど、はたしてその美貌が久樹の好みのタイプだったかどうかはわからないし、現在は解脱僧《げだつそう》に近い久樹のたたずまいからは、何も読みとれなかった。

また野利子が、久樹に対するうきうきする自分の気持をかくしたり、ごまかそうとしないことからしても、やはりそこにはうしろめたい感情はまじっていないのだろう。今夜の野利子の装いは、いかにも夏らしいノースリーブの白のシャツワンピースだった。上等のコットン素材はシルクに似たひかえめな光沢を放っている。

きのうのうちから久樹が言っていたとおり、その日の夕食のメインは炊きこみごはんだった。ゴボウ、ヒジキ、タケノコ、ニンジンの炊きこみごはんはしょうゆ味で、副菜としておひたしや大根おろし、魚の切り身を揚げて甘酢につけたものなどが、こまごまとテーブルに並べられた。

七時すぎには全員が食卓用の楕円形のテーブルについた。さっそく炊きこみごはんにとりかかる者、まずはビールでひと息つく者と、思い思いのスタイルとペースで食事がはじまった。

一時間がすぎてみると、相談があるという遠望子は久樹とともにベランダ際の古いソファに移っていた。残る四人は食事もあらかた終っているのに、後片づけにキッチンに立とうともせず、別の話題をだれかが持ちだすのでもなく、しかし遠望子と久樹には無関心というふうな顔つきで、それぞれの席にへばりついて、四人が四人ともやけに無口だった。

「じつは娘の万里花のことなんだけどね、久樹さん」

「うんうん」

「いや万里花がというより、その父親のこと」

蝶子たちがへばりついているテーブルの表面を、ことばにならない息のどよめきに似た流れが、一瞬、生じて消えた。万里花の父親の話など、シングルマザーになったいきさつを聞いた日からこのかた、遠望子の口から語られることは、ほとんどなかったためである。語りたがらないというより、その存在を忘れてしまっているとしか思えない遠望子の屈託のなさでもあった。

「彼、秋津《あきつ》さんっていうのね」

「うんうん」

「前にもちらっと話したと思うけど、秋津さんは私より二十歳近く上で、奥さんはいるけど子供はいない。で、私の妊娠のごたごたの一件のあと、自分から願いでて職場を移ってしまったんだよね、私が働いている総合病院と同じ系列の病院に」

「なるほど」

「彼は私の妊娠を知ったとたん長年つれそった奥さんと別れて、私と再婚して子供を育てたがってた。いいひとでね」

「だろうなあ」

「でも私にはまるでその気はなかったし、彼の奥さんがこの件で精神的にまいっちゃって通院とかもしたりして、秋津さん、結局、私たち母娘の前から姿を消すことになってしまったの。養育費にって、そのときまとまったおカネもくれたりしたんだ。ね、いいひとでしょう?」

「うん。男としての責任をまっとうしてるわけだ」

「それからずうっと連絡もなかったんだけど、この春、万里花が小学校に入学する直前、電話がかかってきた。娘が小学生になるはずだけど元気にしてるのかなって」

「泣けるね」

「だから私、じゃあランドセル代をくれって言っちゃった。そしたら、ほんとに書留で送ってきたんだよ、ランドセル代。それもおつりがくるくらい。だから、それで万里花のお洋服も買ったわけ」

「遠望子さんは、やっぱり、たくましいね。それぐらいでなけりゃあ、シングルマザーで子供は育てられない。いや、すごいもんだねえ」

「それからまた少しして連絡があってさ、万里花に会わせてもらえないかって」

「だろうね」

「それはできないって、私、即ことわった。だって万里花の父親はとっくに死んだことになってるし。というのも秋津さんは、へたをすると私の父といってもいいぐらい年上だから、万里花からみればおじいちゃんの年齢だし、多分、万里花が成人式を迎えるころには秋津さんは死んじゃってるかもしれないと思ってさ、それでここは手っ取りばやく、もう亡くなったことにしといたの。万里花の育ての両親である姉夫婦とも相談してね。父親が生きてるとなると、子供はずうっと父親探しをするらしいから、いっそ死んだことにしておけば、子供もあきらめがつくだろうし」

「…………」

「秋津さんに、私、正直にこのこと言ったよ。電話でだったけど。そしたら、秋津さん、しばらく絶句してた」

「……あたしも、いま絶句したよ……」

「そう？　男って、そういうところは弱虫だよね。無視されるとプライドが傷つくんだろうな。けど秋津さんは利口なひとだから、すぐに立ち直って、万里花に会いたいわけをいろいろと説明するの」

「どこまでも誠実なんだ、彼は」

「うん、誠実でまじめだよ、秋津さんは。だからその性格を受けつぐ子供ならいいなって、それが、出産の決め手のひとつにもなったぐらいだもの。これがいい加減な性格の男なら、どうなってたか」

「遠望子さん本人も誠実でまじめなひとでしょうが」

「いや、私のまじめなのは、単に融通《ゆうずう》がきかないっていうか、物知らずな頑固ってとこもあってね」

そのことばを聞いて、思わず蝶子たち四人は顔を見あわせた。自分でわかってるんじゃないの、と遠望子をほめてやりたい気持になったのは、四人とも同じだったろう。

「でね、秋津さんが言うには、自分はもう数年前に定年になった、と。定年後は知りあいのお情けでビルの警備員とかアパートの管理人とかを、ちょこちょこやってたらしいの。そのうち奥さんが病気で亡くなった。ほとんど突然死みたいだったんだって。それでガクッと気落ちして、もう働かずに年金だけでほそぼそと自分ひとりの生活をやってくかって思ったりもしたらしいんだ。そのとき、あらためて万里花を思い出したんだって。自分には幼い娘がいる、娘のためにも、もうしばらくがんばりたいって。そう思ったとたん、むしょうにその娘に会いたくなったんだって。秋津さんたら、その話をしながら電話口で泣いてるの。父親の名乗りはしないから、それは約束するから、頼むから会わせてくれないかって。単に知人のおじいさんってことでいいって」

「…………」

「万里花の存在が、いまの自分の生きがいのすべてだとまで言うんだよ。おいおい、ちょっと待ってくれって言いたいぐらいに……久樹さん、どうしたの？」

遠望子の問いかけに、蝶子たち四人も久樹のほうをふりむいた。

久樹は腕組みをしたまま顔を下にむけ男泣きしていた。

「……つらいねえ……秋津さんの気持、他人事とは思えない……かわいそうになあ……といって、だれが悪いのでもない……遠望子さんの言うのももっともだし……これが人生だよなあ……まったくもう……」

数秒間のぎこちない沈黙が流れた。

やがて真咲が、その場の雰囲気にそぐわない、むしろそうすることで場の空気を変えようとするかのような、てきぱきと歯切れのよすぎる口調できいた。

「久樹さんにも秋津さんと似たような体験があるんですか。不倫相手の女性に子供をうませたとかの」

聞きようによっては相当にきつい物言いだった。父の不行跡《ふぎょうせき》を詰問《きつもん》する娘、といった構図でもある。

「いやいや、あたしのことじゃない」

と久樹は指のつけねで荒っぽく涙をぬぐいつつ苦笑まじりに答えた。

「けど、あたしのまわりには同じような話がけっこうあってね。離婚してる連中もたくさんいたから、秋津さんと万里花ちゃんの親子関係に近いようなケースも少なくなかった。長く生きてると、それだけいろんな事情ってものに立ちあうんだよね。それと若いうちは愛情うんぬんの問題っていうと、すなわち恋愛だったけど、ある程度のトシになると、それは親子間の愛情問題であったりしてくる。ラブソングでもあるじゃない。一生あなたを想いつづける、この愛は変らないってフレーズ、若いころは恋愛にかぎったことのように聞いてたけど、じつは作詞者の本心は、父親が娘にむけてささげたフレーズだったりしてね……ああ、ごめん、ごめん、話が横にそれちまったね」

遠望子は久樹の語りに神妙に耳を傾けていたが、久樹にうながされて、ふたたび話しだした。

「でね、秋津さんに万里花を会わせるべきなのかどうか、迷ってるの。私としては、その場合、秋津さんが父親だとは万里花には打ちあけたくない」

「その気持もわかるんだなあ、あたしとしては」

と久樹は深々としたうなずきで遠望子の言い分を受けとめた。

その反応に励まされるようにして遠望子はつづけた。

「万里花を混乱させたくないってのもほんとだけど、私自身も、正直言って、つらいんだ。年とって、ひとりぽっちになったおじいさんの秋津さんと会うのは。奥さんも亡くして、頼るひとがひとりもいない、そんな秋津さんと再会したら、私、その場で泣いてしまうんじゃないかっていう不安もある。だって、そんなボロボロな心をかかえたおじいさんが、自分の娘の父親なんだよ。かなしいじゃない。でも、秋津さんと一緒に暮したり、彼の老後の面倒を見るなんて、想像しただけで私にはできない。まっぴらだよ。エゴイストって言われようとも、そのあとの大変さを考えれば、悪口言われてるほうがましかとも思うんだ」

久樹はしばらくなんのコメントもせずにうなだれていた。

待ちくたびれた遠望子が、

「久樹さんはどう思う？」

とうながすまで、口をひらこうとはしなかった。

「むずかしいなあ」

久樹は、まずそう言って、ため息をひとつついた。

「さっきも言ったように遠望子さんの気持はもっともだと思うし、一方の秋津さんの願いも、あたしはわかりすぎるほどわかる。だから余計にどちらの肩も持てない。遠望子さんとしては、とにかくいまは会いたくないし、万里花ちゃんにも会わせたくない」

「うん」

「けど秋津さんの立場になって考えると、そうきっぱりと拒否するのもつらい」

「そう」

「迷いに迷ってるってことだよね」

「うん。だから、こうして久樹さんに相談にのってもらった」

「逃げてるように聞こえるかもしれないけどね、迷って結論のでないときは、でないままに保留にしておくってのも、ひとつの道だと、つねづね、あたしは思ってるんだよ。答えがしぜんにでてくるまで時期を待つっていうのかな。むりやり結論をだそうとすると、あとでその反動がきて、ものすごい罪悪感におそわれたり、自分がかかえこめないぶんだけ他人のせいにしてそのひとを恨んだりするようになったりもする。だから、いまは、もう少し様子を見てたらどうかな」

「あのね、久樹さん、そうやって様子を見ているあいだに、もしも、もしもだよ、秋津さんがぽっくり死んじゃったら？　秋津さんの奥さんの突然死みたいに」

遠望子の目もとにうっすらと心中の苦悩を物語るゆがみが生じた。

「秋津さんに会いたくない気持もほんとなら、秋津さんに死なれたらこわい気持もほんと……それとも、こわいって言いながら、じつは彼の死をひそかに望んでるのかなあ、私って。いないほうが、私と万里花の生活は、ずっとシンプルで、ずっとおだやかにいくから」

久樹は複雑な顔つきになり、けれどその表情をかくすようにうつむき、黙りこんだ。ほどなくして背すじをのばすようにしてすっきりと顔をあげ、そして口をひらいたとき、久樹はすべてをふっきったみたいな軽快な調子で言った。

「それはそれで秋津さんの宿命なんだろうね。仕方ないことさ。遠望子さんが責任を感じたり、後悔したり、負い目に思ったりする必要なんて、これっぽっちもないよ」

娘と姉夫婦が待つ家に帰る遠望子を、散歩がてらに最寄り駅まで送っていくという久樹を送りだしてから、蝶子と綾音、真咲の三人は食後のテーブルの上やキッチンの後片づけにかかった。

その前に、野利子には、後片づけの人手は十分あるからと言って先にお風呂に入るようすすめた。野利子は娘の綾音たちのとってつけたような親切といたわりに「おや？」という顔つきをしたものの、さからわずに笑顔でリビングをでていった。

キッチンの洗い場には真咲が洗剤をひたしたスポンジを持って立ち、綾音は洗った食器をふきんで拭く係、蝶子はテーブルまわりのこまごまとした片づけ担当と、しぜんに分担されていた。綾音がめったに洗いもの係になろうとしないのは、長くのばした爪に、ネイルアートをほどこしているからである。

「今夜の久樹さん、またいちだんとすてきだったなあ」

と口火をきったのは真咲だった。

すかさず綾音も声をうわずらせた。

「あ、やっぱり真咲ちゃんも？　私も久樹さんに惚れ直しちゃった。いいよねえ、あのさりげない知性と落ち着きとあたたかみと包容力《ほうようりょく》。どれもこれも、これぞ大人の男の魅力ってものよねえ」

「結局、顔じゃないよね、男は」

「そうそう。おカネがあればいいってものでもない。ないのも困るけど」

「私も久樹さんと知りあって、あらためて気がついたな。男は顔でもおカネでも地位でもない。真心《まごころ》だって。特に私たちみたいに専業主婦願望の薄い、働くのがそこそこに好きで張りあいにもなっている女たちにとっては、彼みたいな男性はパートナーとしてぴったりよね。家事全般もやってくれるし、上手だし」

「トシがはなれすぎてるのが不安と言えば不安だけど、それも魅力のひとつなのも確かよ」

「男子はたいがいマザコンだっていうけど、それと同じように女子にはファザコンな子って、わりといるよね。ファザコンとかマザコンとか、いいトシをしていつまでも親がらみなのを引きずってるのはカッコ悪いから、みんなあんまり口にださないけど。私の離婚の原因も、もしかしたら年齢的なことが原因だったかもしれないって最近思うようになったの」

「原因って？」

と綾音が無邪気にきく。

「だからトシがもっとはなれているほうが、うまくいったのかもしれないなって」

ふたりのやりとりを、楕円形のテーブルの上を片づけつつ黙って聞いていた蝶子は、そこにきて目をまるくした。

離婚の原因は同い年にあった、という、小気味よいほど単純な真咲の発言など、そのときはじめて聞いたからである。もっとこむずかしい理屈をつけて語っていたはずなのに、そのことばの裏には久樹の存在と影響があるのはあきらかだった。

「けど、久樹さんって、ほんと不思議なひと」

と綾音がさらに無邪気に言い放った。

「惚れたはれたの恋愛感情とはぜんぜん別ものなのに、もしも、久樹さんが私と結婚したいようなことを言ったとしたら、私、すんなりとしちゃうような気がする。なぜだか、わかんないけど」

「えーッ、綾音さんもそう思ってたの？　いやだ、私も。私も久樹さんとなら再婚してもいいかなって。だって、うまくやっていけそうな気がするの、彼とならね」

急に綾音が声をひそめた。

「でも彼、EDだって。ボッキショウガイ。となるとセックスレスよ。いいの？」

「いいも何も、久樹さんとのあいだには、そういうなまなましいものは、かえってじゃまって感じ。恋愛相手に対するのと、一緒に暮す男性に望みたいことって、かなり違うもの。これも久樹さんとの共同生活のなかで、私、あらためて教えられたな」

「私もそう」

「この桜ハウスだって、彼がきてから、またぐんと居心地がよくなったような、生活の質が向上したような面がたくさんある。食事とか掃除とか全体的な雰囲気とか。私たち女性陣の生活態度が変ったんじゃなくてね」

「そ。久樹さんひとりで桜ハウスの空気を変えたのよね……ね、真咲ちゃん、本気で彼と再婚したいの？」

「いや、だから私からはアプローチはしないの。あくまでも久樹さんがそう言ってきたら、してもいいかなって」

「あのね、せっかくの夢を台なしにするようで悪いけど、久樹さんが結婚したがる相手は、この私だと思うの」

　自信たっぷりの綾音の口ぶりに、それまで黙ってふたりのやりとりを聞いていた蝶子はとっさに、叫びそうになった。

（ばか言うんじゃないのッ。久樹さんがプロポーズするとしたら、この蝶子さんよッ。

本命は私なのよッ）

実際、数日前にも久樹は、夕食後しばらくリビングのテーブルに残り、やがてテレビを観ながらアイスクリームをなめだした蝶子に、しみじみとつぶやくように言ったものである。

「このリビングは、やっぱり蝶子さんがそこにすわっていてこそ、この場所の雰囲気が完成されるというか、いかにもリビングらしくなるねえ。しぜんと身についた桜ハウスの女主人の貫禄《かんろく》というもんなんだろうな」

そのときだけでなく、久樹は折りあるごとに蝶子を崇拝するせりふをさらりと投げかけてきた。それも「若い」とか「きれい」とか「かわいい」といった月並なことばではない独創性のある表現なのが、なおさら蝶子の心をくすぐり、プライドを輝かせ、女王さま気分の夢心地へといざなう。

久樹が自分たち四人のうちのだれかにプロポーズするとしたら、それは年齢的にもちょうどつりあいのとれた蝶子であるのが当然で、彼からすれば年のはなれすぎた真咲や綾音は「お子ちゃま」たちにすぎないはずだった。

しかし蝶子のその思いこみを打ち破る綾音の言いぐさが聞こえてきた。

「真咲ちゃんにだけ打ちあけるけど、じつは、久樹さんはしょっちゅう私をほめてくれるの。だれもいないところでこっそりと。綾音ちゃんぐらいセクシーで上品な三十代は、もう何年も見たことなかったよって」

……まさか、と蝶子が打ちのめされそうになる直前、こんどは真咲が声を張りあげた。

「私にだって久樹さんは言ってくれるわ。真咲ちゃんの何ごとに対してもひたむきな姿勢、ものの考え方を見てると、いじらしくなるねって。同時に久樹さん自身の青春時代がフラッシュバックしてくるんだって。だから私と一緒にいると私の若さのおすそわけをしてもらってるみたいで若返る気分なんだって。中高年の男たちがうんと若い女の子と結婚するのは、こういう気持からなのかって、私を見てて、ようやく理解できたって」

「へええ、はじめて聞いた、そんな話」

と綾音の怒気のこもった疑るような調子は、そのまま蝶子の心中を代弁していた。

「だれも知らないのはあたりまえ。だって、久樹さん、ふたりきりのときに言うだけだもの。みんなには内緒だよって」

「ちょっと、ちょっと待ってよ。っていうことは、久樹さんは私たちひとりひとりに個別のリップサービスをしてるわけ？　それとも、こういうのって口説いてるの？　真咲ちゃんは口説かれたことあるの？」

「何言ってるのよ、綾音さん。久樹さんはＥＤだよ、ボッキショウガイだよ」

ついに蝶子が口をはさんでしまっていた。

「綾音ちゃんも真咲ちゃんも、久樹さんに個別にほめられているのはわかったけど、実際にプロポーズのことばを言われたわけ？　あるいはそれに近いようなことを」

「ううん」

とふたりは申しあわせたようなタイミングのよさで首をふった。

そのとき風呂あがりの野利子が、浴衣《ゆかた》に着がえてリビングにもどってきた。白地に紺の柄がすっきりと涼しげだった。

「あーあ、いいお湯だった。ね、この浴衣、どうかしら。おろしたてなの」

「すてき」

と本心から蝶子はほめた。野利子の浴衣につつまれた細い腰がじつに色っぽかった。

「この前ここで別の古い浴衣を着てたときに、久樹さんにとても評判がよかったの」

「ほう……なんて？」

娘の綾音が、残るふたりをふくめた代表者のように皮肉っぽいまなざしできき返した。

「あなたたちにはすまないけど、久樹さんが言うには、私の浴衣姿け三、四十代の女性たちが逆立ちしたってかなわない情緒があるって。五十代のこの年まわりになってこそのものだろうって」

「あっそう」

そして三人は、とまどう野利子をその場に残して、ふたたび後片づけにとりかかった。

だれも何も言おうとはしなかった。

張りつめたその場の空気は、しかし、五分とつづかず、どこからともなく緊張はゆるみ、ほぐれていった。同時に三人それぞれの口もとに苦笑がきざまれてきた。

最初に綾音が口をきった。

「私たち、もしかしたら、まんまと久樹さんの手のひらの上で踊らされてるんじゃないの？」

「みたいね」

と真咲もうなずく。

「けど久樹さんはよかれと思ってやってるんだよ、きっと。サービス精神から、私たちみんなを気持よくさせたいっていう、それだけのことだと思うな。それと、ここに居候していることへの、ささやかなお返しのつもりで、私たちにリップサービスしてる。ほんとにずうずうしく、あつかましいやつなら、リップサービスもしないからね」

「それは言える」

と綾音もすかさず同調した。

野利子も、旧知の間柄のよしみで、やはり当然のことながら久樹をかばった。

「ずるく立ちまわるお人柄ではないのよ。繊細で、傷つきやすくて、シャイなところがたくさんある方で、それでも年齢をかさねるうちに、ようやくいまの、あのひょうひょうとした枯淡《こたん》の境地にいきついたってところじゃないのかしら」

なるほど、と蝶子も納得する。真咲の解釈も、綾音の指摘にも異論はない。どれもが久樹の一面であり、久樹の真実なのだろう。

しかし、やっぱり蝶子はひそかに思わずにはいられなかった。

(久樹さんが真剣にプロポーズするとしたら、その相手はまちがいなくこの私だ)

そう思って、いくらか勝ち誇った気持で綾音や真咲のほうを見ると、後片づけの手を休めずに、ふたりとも無言のうちにうっすらとした微笑をそよがせていた。自分自身にむけての笑みだった。

その胸のうちは、蝶子と同じく、(私こそが久樹さんのプロポーズ相手)と思いこんでいるらしいのがありありと読めて、蝶子はムカついた。


九月は残暑をたっぷりとひきずり、ひとびとを汗まみれにさせてすぎていった。

カレンダーは十月に移り、朝夕の空気に冷気と、秋特有のけむりっぽいにおいがまじりだした。

桜ハウスの日々は、これといった不協和音が生じることもなく、ごく円満に、なごやかに流れていっていた。

久樹は相変らず機嫌よく家事の大半を引き受け、さらにアルバイトと称してアイロンかけから簡単なつくろいもの、ボタンつけなどもこなして、ますます蝶子たちに重宝がられた。

不用品やガラクタ置き場だった納戸のなかが、久樹によって、いつのまにかきれいに片づけられていたのにもびっくりした。

久樹は自分が再利用できるものはそのようにし、その当てもないものは、近隣の保育園や教会、町内会などに問いあわせて、バザーに役立ててもらうように持ちこんだのだという。蝶子が二十年近く愛用し、しかし二十年近くどうにも愛着のわかなかった、あの紫色のプラスチック製の目覚しも、気がつくと納戸の棚から消えていた。そうなってみると、なにやら淋しい思いがしないでもなく、あの目覚しを邪険に納戸に追いやったことが、ちらりと悔やまれもした。どことといって故障したところはなかったのだ。

桜ハウスの客人となった早いうちから久樹の役まわりのひとつには、女たちの相談相手というか悩みごとや愚痴の聞き役というのがあったけれど、日がたつにつれて、それはいっそう定着した役どころになっていった。

野利子をふくめた女五人が、それぞれかかえる問題を、しかも、すぐに解答も結論もでないそれを、久樹に一緒に考えてもらうというスタイルである。

基本的には一対一のやりとりなのだけれど、たいがいの場合は残り四人の女たちのギャラリーが、やや距離を置いて見守るように聞き耳を立てている、といった図式だった。

遠望子は娘の万里花の実父・秋津の件で、すでに相談を持ちかけ、「父娘の対面はもうしばらく様子を見てからに」としたものの、ときどき秋津から催促の電話があり、そのたびにげんなりした表情で、久樹を訪ねてきた。

「もう未練たらたらの暗い話の内容で、聞いてるだけで、こっちまで気がめいってしまう。どうしたらいいんだろうね、久樹さん」

綾音が久樹に相談しているのは、遠望子みたいに具体的な話ではなく、要は「自分の在《あ》り方《かた》」についてだった。

さまざまな資格取得に挑戦し、そのほとんどは国や公的機関の認定まで必要としない、民間資格や修了資格、許可資格といった、そう難易度の高くないレベルだから、ともかく資格はとれるのだけれど、またしばらくたつとそれだけに飽きたらなくなって、別の資格取得をめざしたくなる。その勉強のために、しかるべき学校へ通ったり、通信教育を受けたり、セミナーに参加したり、はたまた自室にこもってテキストに没頭したりしているあいだは、このうえない充実感を嚙みしめられるのだが、それも取得するまでのことなのだ。取得したとたん、何かが失われていってしまう。そのくりかえしでずっときている。

「だからね、久樹さん、いったい私は何をやりたいのか、どこにむかっているのか、自分でもさっぱりわからないの。かといって、もっとむずかしい、たとえば税理士資格にチャレンジしようって気は、まったくないの。税理士の仕事には興味が持てないのと、そういうむずかしい資格は私にはとても無理って、最初からギブアップしてるから」

それに対して久樹は、

「いまの世の中、資格と名のつくものは山ほどあるから、この際、どれだけのかずの資格を取得したかという、そのギネスにいどんでみたらどうかな。いや、冗談ではなくね」

と、大まじめな顔つきでアドバイスしていた日もあった。

真咲がかかえている問題と迷いは、離婚の後遺症についてらしい。らしい、というのは、真咲はその話をする場合は、久樹を二階の自室に呼んだり、ふたりで最寄り駅周辺のカフェにいったりと、蝶子たちに盗み聞きされるのをいやがるからである。

綾音がそれとなく久樹に探りを入れて、真咲の相談内容をききだそうとしたとき、彼はあっけなく口をすべらせた。

「四人のなかで結婚経験者は真咲ちゃん以外ひとりもいなくて、だから相談しづらいってこともあると思うよ。野利子さんはれっきとした人妻ではあるけど、ほら、真咲ちゃんとは世代が違いすぎて、結婚というもののとらえ方にギャップがありすぎるらしいんだ。結婚生活において我慢や辛抱はあたりまえって言われても、真咲ちゃんたち世代はピンとこないからねえ。いや、あたしは野利子さん世代に近いけど、でも、ほら、好き勝手してきた男だから、我慢も辛抱もしない世代に一脈通じるところがあってね」

その野利子は久樹に何かを相談するというより、同年代のよしみで、遠慮気がねなく昔話に花を咲かせられるし、ふつうのおしゃべり相手としても彼を必要としていた。

「夫はなかなかこういう女のおしゃべりにじっくりつきあってくれませんのよ。うんうんってあいづちは打ってても半分は上の空。その点、久樹さんのあいづちには誠実味があるし、何よりもこちらの話にきちんと耳を傾けてくれるのが、私はうれしいの」

うっとりとそう久樹をほめそやしたあと、野利子は五十代ならではのリアリティをこめて言った。

「でも久樹さんもきっとご自分の奥さまのおしゃべりは、上の空でしか聞いていなかったと、私は思いますよ。だから二、三回結婚して、二、三回とも離婚する結果になったのじゃないかしら。結婚と離婚のこと？　……ええ、私はそう聞いてます。まさか久樹さんともあろうお方が、あのおトシまで独身をとおしてきたはずがありませんでしょう、どう考えたって」

蝶子は真咲と同じく、久樹に相談にのってもらう場には第三者を入れたくなかった。かといって真咲のように彼を自室に招いたり、カフェに呼びだすのも、わざとらしくて、まず自分自身で照れてしまう。

考え抜いた挙句、勤めが休みの土曜か日曜日のどちらかで、久樹のスーパーマーケットの買いものに同行しようと思いついた。その道すがら相談をきりだせばいい。

久樹に相談にのってもらいたいテーマは「桜ハウスの今後」といったもので、蝶子のこれから先の見通しをからめて桜ハウスの存続問題、存続させるとなれば経営方針や、ひいては入居者のしぼりこみなど、久樹のこれまでの経験や智恵をかりたいことは、いくらでもあるのだった。

「蝶子さんの気持の負担になっていないのなら」

と久樹は相談を持ちかけた初日にすみやかにそう答えた。まるで蝶子の相談内容をあらかじめ知っていたかのような即答ぶりなのに驚かされた。さらにそれは久樹が日ごろから桜ハウスのことを気にかけてくれていた証拠のようでもあり、蝶子は、にわかに胸を躍らせた。

「桜ハウスはつづけるべきじゃないかな。いずれ蝶子さんも、定年を迎える日がやってくる。そうなったときは、桜ハウスに少し手を入れて改築して、お年寄り専門の下宿屋をはじめるっていうのはどうかな。これからどんどん老人はふえていく。しかもひとり暮しのお年寄りがふえる傾向にあるらしい。自分で食事もつくれない、手が不自由な、もしくは足の不自由な老人も多くなるよね、病気とまではいかないけど、老化による身体機能の衰えってものから。といっても入居金の高い老人ホームにだれもが入れるわけじゃないし、いわゆる難民化した老人がどっとあふれる。それをねらうという言い方もいやだけど、そのとき桜ハウスを老人むけ下宿屋にするのも方法のひとつだと思うな。全国的にぼつぼつ登場はしてるらしいね、そういうのが」

悪くはないプランだった。

そうなった場合は、蝶子のあとを追って数年後に定年になる遠望子もスタッフの一員に加えたり、資格取得の大好きな綾音に介護関連の、ヘルパーをはじめとした主要な資格をとってもらい、やはりスタッフのひとりに名をつらねてもらうという方法もある。

その日を境に、蝶子の相談は具体的に「老人下宿・桜ハウス」設立にむけてのものになっていった。

とっかかりの何もない夢物語とは違って、その気になればいくらでも実現可能な具体案だけに、相談をしていても足もとがくずれていきそうなむなしさはなかった。

ただ蝶子は、ひそかに久樹が言ってくれるのを期待していた。

「あたしもその下宿に一生住まわせてもらえるかい？」

あるいは、

「なんだったら、あたしもスタッフのひとりにまぜてもらえないかな」

はたまた、

「あたしと蝶子さんとが力をあわせて、その下宿屋をやっていこうよ」

要は、久樹からのプロポーズのことばを待っていた。

久樹を男として意識することは、まったくといっていいぐらいないのに、耳に心地よくひびくプロポーズのせりふと、それを心待ちにする胸のドキドキ感からは、まだどうしても卒業できなかった。

仮にプロポーズされたとしても、その返事は、「お友だちのままでいましょう」でいこうと、そこまで考えているのに、でも、しかし、プロポーズされるのを期待する蝶子がいた。

あるいはそれが現実のものとなったとき、「お友だちのままでいましょう」と婉曲《えんきょく》に断るのではなく、ついうっかりOKしてしまいそうな予感もなくはなく、そのドキドキ感もまたたまらなくスリリングだった。

十一月も末になった。

木枯しがひと晩中吹き荒れていたあくる日の朝、パジャマ姿の蝶子がリビングに入っていくと、旅装姿の久樹がトランクを手にたたずんでいるのが目にとびこんできた。着ている黒っぽいコートは、夏からずっとトランクにしまわれていた一着だった。

「どうしたの？　久樹さん」

「ああ、起きてきたか。まにあったね。いや、じつはあたしの親しい友人が倒れたという連絡が、今朝の四時すぎにこれに入ってね」

と言いつつ、久樹はコートのポケットから携帯電話をとりだして、蝶子に示した。

「とにかく会いにいってくるよ。置き手紙を書いていこうか、あとからケータイをかけようかって迷ってたとこだった。綾音ちゃんと真咲ちゃんにも、よろしく言っといて」

「うん、わかった。久樹さんも、お気をつけて。そちらに着いたら、夜にでも電話して」

「そうするよ。じゃあ」

「いってらっしゃい」

そして久樹は「桜ハウス」をでていった。

二度ともどらなかった。

もどらない、と蝶子たち五人が五人とも納得し、その現実を受け入れるまでにややしばらくの月日を要したものの、久樹がもどってこない以上は、仕方なくそれを認めるほかはなかった。

久樹の携帯電話は、でていったその日のうちに通じなくなり、最初は電話機のトラブルのように見なしていたのだが、数日たっても、やはり通じないままだった。

それでも蝶子たちは疑ってはいなかった。倒れたという友人の所で、きっとのっぴきならない事態が発生し、それで連絡どころではなくなっているのだろうと解釈していた。落ち着いてくれれば、そのうち電話があるだろう、と。

十日たち、二週間がすぎ、三週間目も終ろうというころ、だれかが言いだした。

「ところで久樹さんの実家というか自宅って、どこなの？　とりあえず親族って、いるでしょう？　奥さんとは別れたにしても、子供とか」

その日は土曜日で、久樹が不在となってからはじめて全員がそろった夕食会がひらかれていた。いまひとつ気合いの入らないその夜のメニューは大鍋にこしらえたカレーだった。蝶子が冷蔵庫のなかのありあわせの材料で作ったそれは、何かが欠けていて、いつもと違ってしまらない味だったけれど、これといって不満の声があがらなかったのは、久樹のことを心配するあまり、味覚は二の次になっていたからだろう。

だれかが発した問いかけに、だれも答えようとはしなかった。

久樹とは旧知の間柄の野利子まで黙っているのを見て、蝶子は言った。

「野利子さんは久樹さんの実家の住所はご存じですよね」

「私が？」

と野利子はカレースプーンを手にしたまま、きょとんとした顔つきできかえした。

「いえ、私は何も。そういうことは蝶子さんのほうがおくわしいでしょうに」

「私？」と、蝶子もききかえした。

「くわしいも何も、ぜんぜん」

「でも、だって蝶子さんのお知りあいとばかり。それで私も桜ハウスの私の部屋を無料でご提供したのですよ」

「ちょっと待って。私は、野利子さんの知りあいとばかり思いこんでいて……」

八月上旬の居酒屋での飲み会の晩、一時間遅れであらわれた野利子のうしろから心細げについてきたのが久樹だった。

「だから、てっきり野利子さんのお連れだとばかり」

「私は久樹さんがお手洗いからもどってきたのとはちあわせしただけで……」

蝶子たちの早とちりと勘違いを、しかし、久樹は訂正しようともせず、にこにこと座に加わり、すすめられるままに飲んだり食べたりしていたということになる。

「じゃあ、久樹さんの知りあいって……だれもいなかったわけ？　私たちのなかには」

一瞬、五人ともことばを失った。

どこのだれともわからない初老の男と、ここ数ヵ月、寝食をともにしてきたという事実は、そこに問題は生じなかったとはいえ、やはり、愕然《がくぜん》とするものがあった。

無言の微妙な雰囲気をまず破ったのは遠望子だった。

「でもさ、久樹さんはホームレスのひとじゃないよ、ぜったいに。私たちをだまそうとしたのでもない。たまたま言いそびれただけで。あんな品のいい、インテリのホームレスっているんだろうか」

野利子も深々とうなずいた。

「悪い方とは、私も、とても思えません。だって実害にあったのでもないし、むしろ、私たちに十分によくしてくれましたもの」

「そうなのよ、お母さま。彼のアイロンかけは、そりゃあ見事だし、ブラウスのボタンつけにしたって、ていねいな仕事ぶりなのよ」

真咲が話をもとにもどした。

「つまり、久樹さんのプライベートな情報は、私たちだれひとりとして知らないのね。生年月日、本籍、現住所、家族構成、職歴といった基本データはひとつも」

「あえてきかなかった私たちにも落ち度があるんじゃない？」

と綾音が言うのに対して、遠望子は半分は同意しながらも、半分は身びいきのない事実を述べた。

「久樹さん、言いたがらなかったよね。私がなにげなく家族についてたずねたりしても、聞こえなかったふりしたり、それとなく話をずらしたり。ま、言いたくない事情もあったんだろうね」

「けど私たちの前では見事にすてきなおじさまっていうスタイルを守りとおしていた」

「そう。だから、こうなっても久樹さんを憎めない」

「そりゃそうよ。憎むどころか、感謝したっていいぐらい。ね、蝶子さん」

「そうねえ」

と蝶子は、しまらない味のカレーを、ほとんど惰性で口に運んでいた手をとめた。

「久樹さんの目的はなんだったのかな。三十代から五十代の女たち五人を、まんまとダマして、で、結局のところ、彼は何をしたかったんだろう……」

「きっとね」

と野利子がほほえんだ。

「彼は私たちに夢を見させてくれて、同時に彼自身もこうありたいと思う自分を演じる楽しさを味わっていたのではないかしら。演じるという言い方は、あまりよくないけど。ひとって、観客や相手次第で、どういう自分にもなれる多面性を持った生きものという気がするのよね、特に最近は。だから、その逆に、本当の私、なんてないのじゃないかしら。他人あってこその自分。久樹さんは私たち五人を五つの鏡にして、自分というものを確かめ、そこそこに自分と折りあいがついたのかもしれない。といっても、あくまでも私の想像ですけど」

「私が思うにはね」

と蝶子は、ふいに怒りにかられて語気を強めた。野利子の解釈に聞きほれ、この際、久樹のことは美しい思い出にしておくのが賢明かも、といったんは考えた自分が、なぜか、どうしても許せなくなったのである。

「あれこれ、どう言ったって、要は、あいつはサギ師なのよッ。きれいごとを並べるのは、もう、やめようよッ」

言いながら、久樹からのプロポーズを心待ちにしていた自分がよみがえってきた。かわいそうな私、いじらしい私、そして、いくつになっても愚かで、ばか女の私、だった。

一年と八ヵ月後、一通のはがきが桜ハウスの蝶子あてにとどいた。久樹連次郎の死去を告げる印刷されたあいさつ状だった。文面によると、「ここ半年ほど病床」にあり、「葬儀は身内のみですませた」という。享年六十三。

勤めから帰宅し、玄関先でそのはがきを目にしたまま、蝶子はしばらく立ちつくした。じんわりと涙がこみあげてもきた。

差出し人の名前の上に「娘」の文字が見え、住所は五つ六つ西むこうの県だった。久樹は、どういうかたちで桜ハウスと蝶子の名前を残していったのか。娘からすると、どういう父だったのか。蝶子たちとの短い同居生活について語っていたことはあったのか。娘に連絡して、そういった疑問を解決してみたい気持がある反面、何もしないでそっとしておくのがいいような気もした。

娘からすれば知りたくない父親の一面かもしれなかったし、あるいは久樹はすべてを秘密にして死んでいったのかもしれないのだから。

翌日の夜、蝶子からの呼びかけで、野利子をふくめて全員が桜ハウスに集まった。

蝶子はきのうとどいたはがきを見せた。

女五人の、ごくささやかな久樹を偲《しの》ぶ会は、その日夜ふけまでつづいた。

「亡くなったのが六十三ということは、ここにいたときは六十一にはなってたんだね」

「もっと若く見えたけど」

「久樹さんって、雰囲気が若々しかったし」

「頭のいいひとでしたものね」

「頭がいいと若く見えるもんでもないよ」

久樹がいちばん好きだったのはこの私、と女たちはだれもがその想いを胸に秘めていたけれど、さすがに口にだす者はいなかった。

真咲がポツリと言った。

「私の実の父はもう死んでいるけど、なんだか、私、もう一回、父親を亡くしたような気持。なんでだろう、こんな気持になるのは」

反論する者はいなかった。

それぞれが手にしているグラスのなかの、ウイスキーや焼酎やワインや日本酒が、天井の照明を吸いとって、ゆらり、きらり、と光っていた。グラス・サイズのそれぞれの涙のようだった。

解説

藤田香織

いつの日か、気の置けない女ともだち数人と、ひとつ屋根の下で暮らす――。

そんな漠然とした夢を抱いた経験、みなさんにはありますか？

いきなり個人的な話で恐縮ですが、私は三十代半ばを過ぎたころから今に至るまで、胸の奥にその朧《おぼろ》げな光を持ち続けています。具体的に考えて、そのための準備をしているわけではありません。そんなこと、たぶん無理だろうなとも、なんとなく分かっています。自分を含めて私の周囲には三十代、四十代の未婚女性がとても多く、今はまだ仕事に恋に忙しく、気楽なひとり暮らしを手放したくない、という気持ちも強い。

けれどその一方で、ときどきふと気弱になってしまうのもまた事実。

今の仕事を、自分はいつまでつづけられるのか。この先も今までのような恋をつづけていけるのか。結婚するべきなのか。いや、できるのか。いやいやそもそもしたいのか。でもじゃあ一生ひとりで生きる覚悟はあるのか。仕事からも恋愛からも離れて、毎日ひとりで図書館に通ったり映画やＤＶＤを観て、ひとりで料理を作り、ひとりで食べ、ひとりで眠ることに耐えられるのか。いくら考えても答えは出ず、けれど確実に過ぎてゆく時間のなかで、不安に叫び出したくなる夜がある。

そんなとき、私はつい夢見てしまうのです。それぞれのプライベートな空間を確保しつつも、柔らかな日差しが差し込むリビングがあり、他愛ない話ができる友人と暮らす家のことを。現実には難しいと分かっていても、夢見ることで少し気持ちが楽になる。

そしてこれは意外と、独身女性に限ったことでもないような気もするのです。夫がいても、子どもがいても、ともすれば「ひとり」で暮らす日が来ることを、想像したことがないという人は少ないでしょう。

もちろん、ひとりで生きる覚悟は、どんな立場だろうと、それなりにあって然《しか》るべきだと思います。でも、それでも、拭《ぬぐ》いきれない不安はきっとある。

本書『桜ハウス』はそうした今を生きる女性たちに、小さな希望を見せてくれると同時に、今日から明日へと続く人生を歩むための活力を与えてくれる物語です。

十年前、三十六歳だった蝶子《ちょうこ》は、当時付き合っていた男の勧めもあり、亡くなった伯母から譲り受けた古い一軒家を改装し二階の三部屋を間貸しすることを決意。単に空き部屋を貸すというだけではなく、ひとつ屋根の下で暮らすのだからと、蝶子が自ら面談し選んだのが、総合病院の事務職を十年以上つづけてきた、容姿も、服装や化粧のセンスも、そのしゃべり方さえ「地味」な、いかにも手堅い第一印象だった三十一歳の遠望《とも》子《こ》。派遣で働きながらさまざまな資格取得に情熱を傾けていた、容姿端麗で女の蝶子から見ても抗しきれぬ魅力をもった二十六歳の綾音《あやね》。相手の善意だけを引きだしてしまうような持ってうまれた人柄のよさを感じさせるさわやかさと同時に、堅実でクールな一面を持ち合わせていた二十一歳の大学生・真咲《まさき》。年齢も性格も立場も異なる四人での暮らしは、約三年間続いたものの、一番年下だった真咲が結婚を決め、それから間もなく遠望子も他の所へと移り、今も残っているのは綾音だけに。

本書は、それから七年の歳月が過ぎ、久しぶりに四人が集うある秋の夜から幕を開けます。出会ったころからちょうど十歳年齢を重ねて、現在は蝶子・四十六歳、遠望子・四十一歳、綾音・三十六歳、真咲・三十一歳。

二〇〇六年に単行本が発売され最初に読んだとき、私がまず心惹《こころひ》かれたのが、この四人のヒロインたちの絶妙な個性と年齢差でした。みなさんも思いあたる節があると思いますが、「女ともだち」というものは、実に微妙なバランスで成立している部分があり、それが一対一ではなく同じ年ごろのグループともなると、些細《ささい》なことで諍《いさか》いが生じることも少なくありません。そうした意味において本書の四人の、それぞれが五歳違うという年齢差は、良い意味で「違ってあたりまえ」と、自然にある程度の距離を保つことができる。上手《うま》く言えないのですが、妙なライバル心を抱かずにすむのです。これが例えば、四人が同じ年齢だったとしたら、話はまったく違うものになっていたはず。現実にはなかなか、蝶子と真咲のような年齢差の同性と親しくなる機会は少ないけれど、だからなおさら、ある種の理想像として『桜ハウス』に入ってゆくことができたのかもしれません。

加えて全員が三十歳を過ぎ、尚《なお》かつ四人そろって夫がいないという現状も興味を抱かせます。最初の章である「桜ハウス」で、一堂に会することがなかった七年の間に四人が過ごしてきた時間が語られていますが、当然のことながら四人が独身である理由もそれぞれ違う。自分の男を見る目のなさを自覚し、結婚願望も薄れ淡々とした日々を過ごしている蝶子。妻のある職場の上司と一夜限りの関係をもち、シングルマザーとなった遠望子。婚約しては他に恋人をつくるドラマティックな恋愛を繰り返してきた綾音。大学を卒業し社会人一年生になった年に結婚したものの四年半でその生活に終止符を打った真咲。こうした過去を遠慮なく語り合えることも、その上で認め合い、友情の絆《きずな》を結びつづけられることも、なんだか羨《うらや》ましくて、強張《こわば》っていた身体がゆるゆるほぐされていくような心地良さがある。

その一方で、本書には親の介護や、決断しきれぬ結婚、ある程度の年齢を重ねてからの恋愛といった極めて現実的な問題も描かれていて、読者としてはまさに「来た道、行く道」を考えさせられる深みもあります。たとえば、入院した母に付き添い看取《みと》るまでの真咲の感情の揺れは、誰の妻でもなく、どこかの嫁でもなく、出産を経験した母でもなく、娘でしかない、独身であるがゆえの寄《よ》る辺《べ》のなさが一因のようで、個人的にとても胸に迫りました。もしも自分が真咲の立場だったら。それは真咲に限らず、蝶子でも、遠望子でも、そして綾音でも同じですが「もしも私が」と四人の誰かに自分を重ねてみることで、自分でも気付かないふりをしつづけてきた迷いや不安に思い至ることができる。しかもそれは、鋭いナイフで抉《えぐ》られたような激しい痛みを伴う押しつけがましさではなく、ともすれば一読したときには分からず、ある程度の時間が過ぎてから「そうだったのか」と気付くような、さりげなさで描かれているのです。このリアルなのに声高に主張しすぎない柔らかさは、近年の藤堂作品の魅力のひとつ。『桜ハウス』で描かれている暮らしと友人関係そのものも、理想だけど、決して手の届かない絵空事や、夢物語じゃない。この近くて遠い独特の距離感こそが、本書の根底を支えているのではないかと私は思うのです。

もう一つ。本書で桜ハウスと蝶子たち四人の関係性に魅了された方は、ぜひ続編となる『夫の火遊び』も手に取ってみて下さい。本書では明かされなかった真咲の結婚と離婚の真相が語られ、突然、遠望子の家に「流れてきた男」の久樹《くき》さんの娘が訪ねて来て思いがけないことを言い出し、綾音はついに結婚を決意し踏み切ったものの波乱の新婚生活へと突入し、さらには、男よりもおいしいものに夢中だったはずの蝶子が、四十七歳にしてまったく好みではない男性と交際を始めるなど、次々と驚きの展開が待ち受けています。そうした出来事を四人がどのように受け止めたのか。その変わらぬ絆と、けれど少しずつまた変化してゆく桜ハウスの様子は、本書に勝るとも劣らぬ読後の満足感を授けてくれるはず。

そして最後に、本書ではじめて藤堂志津子さんの小説に触れられた方へ。一九八七年に『マドンナのごとく』で北海道新聞文学賞を受賞し作家デビューし、わずか一年で『熟れてゆく夏』で第一〇〇回直木賞を受賞した藤堂さんは、以来二十年以上書き続け、数々の名作を発表して来ました。私が最初に藤堂さんの小説を手にしたのは、二十歳を過ぎたころ（ちなみに『マドンナのごとく』でした）で、これまでに何度、恋愛の機微というものを教わったのかは数え切れません。が、それとはまた別に、ぜひここでお勧めしたいのが、藤堂さんのエッセイです。『さりげなく、私』『男の勘ちがい女の夢ちがい』『私から愛したい。』『大人になったら淋しくなった』『愛犬リッキーと親バカな飼主の物語』などなど、これまた数多くのエッセイ集が刊行されていますが、一度読み始めたら次へ次へと追いかけずにはいられない楽しさがあるのです。特に二〇〇二年に刊行された『窓をあければ』は、十九歳で処女詩集を刊行し、二十五歳でも第二作を出したにもかかわらず、信販会社、生命保険会社、外科病院のリハビリ助手、歯科医院の助手、コピーライターなど職を転々としてきた理由や、四十七歳で運転免許を取得した経緯、直木賞受賞で得た教訓などが、ユーモアを交えて綴《つづ》られており〈恋愛小説家・藤堂志津子〉の素顔を端的に垣間《かいま》見ることができる。そしてその「素」の片鱗《へんりん》は、本書をはじめ小説にときどきひょっこり顔を出す。そんな楽しみ方ができる作家は、そう多くはありません。と同時に、藤堂さんのエッセイは、本書と同様に多くの読者が「これから行く道」を明るく照らしてくれる。その光がこれからもずっとつづくことを、そして三度、蝶子たちに出会える日が来ることを、心から願っています。

この作品は二〇〇六年九月、集英社より刊行されました。

藤堂志津子の本

アカシア香る

母の看病のため、札幌に戻った美波。
故郷には高校の同期生たちがいた。
離婚やリストラ、失踪、発病……。
45歳という人生をそれぞれが生きている。
不倫も仕事も清算して東京を離れたが、
元恋人が病に倒れ、美波の心が揺れ動く。

集英社文庫

藤堂志津子の本

夜のかけら

バツイチの利保子は、
いちどに4人の男と付き合っていた。
好きな顔をした男、気前のいい男、
会話の楽しい男、体の相性のいい男。
それなりに楽しく時間を過ごせるが、
常に満たされない自分を感じていた。

集英社文庫

藤堂志津子の本

秋の猫

男はもうこりごり、と思った私は
猫を飼うことに。
だが、どうしてもなつかず……。
表題作ほか、動物たちとの交流を通して
癒されていく女たちを描く。
柴田錬三郎賞受賞作。

集英社文庫

桜《さくら》ハウス

2009年3月25日　第1刷　　定価はカバーに表示してあります。

著　者　藤堂志津子《とうどうしづこ》

発行者　加藤　潤

発行所　株式会社 集英社

東京都千代田区一ツ橋2-5-10　〒101-8050

電話　03-3230-6095（編集）

03-3230-6393（販売）

03-3230-6080（読者係）

印　刷　凸版印刷株式会社

製　本　凸版印刷株式会社

フォーマットデザイン　アリヤマデザインストア　　マークデザイン　居山浩二

ISBN978-4-08-746412-2 C0193